林間抄残光

上田 薫 著

黎明書房

まえがき

たまたまのことで句集をつくることを思い立ったので、エッセイと若干の論も載せることとした。もう本を出すことはないと思っていたのに、作りはじめたばかりの俳句が不思議な働きをした。九十を越え重病で死にそこなったりしながら最後まで書いたり話したりできたのだから、もう思い残すことはない。長年数多くの本を書かせてくれたわが仲間たちに感謝の文章を贈りたい。世の中は私の願いに反してますます沈みゆくのみと思えるが、みなさんの未来に少しでも明るいきざしがあればと願ってやまない。

私は大正九年（一九二〇）に生まれ、思えばめまぐるしいばかりの世の転変を体験してきた。戦前に育ち戦争に行き、敗戦のあとすでに七十年に近い。むろん楽しい時代も苦しい時代もあったが、それなりに自分らしさは保ちつづけてこれたように思う。ということは実は困難が多かったということでもあるが、幸いなことにいつも心を通じ合わせることのできる少数の人たちがいた。やはり私は終始少数派の少数派だったと考えるが、いささかでもその志をつらぬきえたという感懐は、自賛めくにしても私には貴重である。恵まれた生きがいある人生だったといえよう。

前篇の第一章はあちこちで執筆したものでは足りず、いくつか講演記録まで載せてあるが、後日文面は整えたので執筆に準じよう。第二章から第四章までの比較的短い文は、そのすべてが「考える子ども」（社会科の初志をつらぬく会会誌）所載「林間抄残光」に記したものである。私はそれらの文を気楽に、しかし心をこめて書いた。他にいくつも載せたいものがあったがそれは断念した。それでも事によっては重複が多い。ただ一つ「戦争とそのころの私」だけは旧著からの部分的転載だが、戦時の若者の様を今の人に知ってもらいたくて加えた。

後篇の句集「残光」については巻末に記す。句数は四〇〇余だが、私の作ったすべての俳句である。凡作が多いが、一切を見ていただくというのが私の考えである。そこにあるのは詩に姿を借りた私そのものだ。短歌の場合と同じくいくら飾ろうとしてみても空しいだけである。

黎明書房の武馬久仁裕社長に厚く感謝したい。かれ自身高名な俳人であるが、駆け出しのような私の句集を喜んで出してもらえた。黎明書房刊の本は私にはこれまで多数あるというだけでなく、私の出版は黎明から始まったと言っても過言ではない。十五巻の著作集も黎明の刊である。物故された力富阡蔵、高田利彦という二人の社長にも今あらためて謝意を表したい。並々ならぬかかわりだった。私の最後の本もまさにお世話になるのである。

二〇一三年初冬

上田　薫

目次

後篇　残光　上田薫句集（全）　一五七

前篇　林間抄残光

第一章　老い深くして未来を思う

人類は危うくないか―環境問題の論

一　環境問題の酷烈さ

あえて奇矯の言をなすことを許されよ。幻想の論と思う人あれば思いたまえ。

環境問題には私も昔から強い関心を持っていたのだが、近年温暖化の論がにわかに脚光を浴びてきた。しかしその取り上げかたにはどこか浮いた感じがあって、大げさに過ぎると冷視する向きもあるようである。だが私はほんとうはそれどころではないと思う。根底からの取り組みができぬ、対策の立てようもないというのが、深刻を極めた現実であると思う。それにもかかわらず世の反応はやはり楽観を基底にしていて、温暖化防止のために大きな犠牲を払わされるなど、いかにも迷惑という感さえある。現前のことだけにかかずらって、子孫の運命などさして気にならぬということか。ことはなかなかに人類の正面に出てこない。サミットなどで首脳たちがどれほどCO_2の削減に苦慮したとしても、危機感が薄く事の本質にくい入ることが浅い以上、悪くするとただの気休めに終わることになってしまおう。

私が恐ろしいと思うのは、これまでの予想がほとんどマイナスのかたちで裏切られていることである。ことに近いとされる危険については言いにくかったのかもしれないが、その度がしだいに激化してきているのを否定できぬ。取り返しのつかぬ深刻な流れがかいまみられるのである。海面上昇、異常高温、猛風の続出、森林の砂漠化等々、もしそこに予想を大きく上回るものが次つぎ現われたら、われわれの生活構造のみか産業交通を初めとする社会のシステムは、大変容をきたすことを避けられまい。しかもそれら災害はきびしいことに、現実にはあまり間をおかず度を重ね、影響はたがいにかかわり合って、巨大地域を、いや全世界を崩壊にひんせしめるおそれすらないとはいえぬ。そんなことは夢だと思っていた時代は、もう遠く過ぎてしまったのである。人類はいま核問題、人口問題、民族対立・宗教対立の始末などに直面して、何の見通しももてぬままいる。かく対応力の乏しいところへ環境よりする大混乱を招いてどう立ち向かえるか、現に人びとはとみに利己に走り、不自由への耐力に乏しい。国益に固執して世界の利益などよそごとである。危険にたえるための財力などどろくにありそうもないが、ここでも軍備を撤廃しようなどとは夢にも思うまい。この不可測の深刻事態への態勢としては、最悪といっても過言ではあるまい。人類は知性と文化を誇ってきたが、武力に固執していつまでも人間特有の馬鹿げた共食いに狂奔していては、多くの動物にも恥じねばならぬ。人類究極の悲惨な運命はここにも示唆されている。

一方今日の社会にはすでに狂いにも似た異常性があるのに、人はいっこうに真剣さと粘り強さをもってそれに対しようとはしない。無差別殺人はじめ親殺し子殺しなど頻繁に起こるとさすがに眉をひそめるが、すぐ忘れ馴れてしまう。しかもそうした異常は実は世の全般にしみこんでいて、全体が刻々沈んでいくのに、それに気づくことがない。汚職と偽装は枚挙にいとまがないが、それを制するのは司法上の処理のみで、治政やモラルの問題としては真剣な取り組みを欠く。故にまさしく事件はつねに起こるべくして起こったとさえ言えるのである。史上にはひどい乱世もしばしばあったが、その乱れぶりはその時の人びとにある程度見えていたのに、かなわぬまでも嘆きもだえ、やがて諦めることをしていたのに、現情報時代のいぶかしさは、だれもたいして乱世だとは思っていないということである。イラクの兵火は小さくはなかったとはいえ、われらの経験した大戦には比すべくもない。にもかかわらず今の人間には解決へのまっとうな夢がないのである。絶望しているかと思うとそうでもないのに、結局先送りあなたまかせに事を尽きさせている。そういう状況はこわいという表現しかできぬと私は思うのだが、そこへ人類史上未曾有の環境問題だ。でもほんとうはその二つの難問は別のものではないのではないか。もちろん環境問題の起こす現象は巨大だが、それに対応する力が弱ければますます結果は悲惨酷烈なものとなろう。精神がもろい上に社会の体制が矛盾だらけ。その弱体に環境問題が相乗するのである。「ほしがりません勝つまでは」。今老いはてのわれらはかってそう言わされたが、やがて一応敗戦が到来してくれた。このたびの不幸な相乗にははたしていつどんな終わりがあるのであろうか。

私のこのような未来への悲しい想像に対して、多くの人はその非現実誇大を難ずるに違いない。不穏な空想の羅列にすぎぬと。たしかに明白な論拠はない。しかし全く同様に、無事平安が保たれるという論拠もないのである。しかもとにかくもし私の想定の半分、いや三分の一でも現前するとすれば、もう今すぐ深刻な手が打たれねばならぬ。CO2の不完全な規制だけでもやっとということでは、手遅れもはなはだしいのである。危機はすでにきびしく深い。今世紀中はまだ何とかなどというのはあまりにも甘い。失敗すればもうやり直すなどということが全く成り立たないぎりぎりの場なのである。

二　破滅ははたして防ぎうるのか

はっきり言うが、真剣に考えている人たちには、人類の破滅をはるか遠いこととは思えぬ者が少なからずいるのではないか。人間がそういう思いをもつのは有史以来最初のことだから、夢としか思わぬ人の数が圧倒的ではあろうが、破滅のことを思うのは虚無的でもモラル喪失でも非建設的でもないのである。もし万一救いのための血路が奇跡的に開かれるとすれば、この悲観の奥の奥からであろうと私は考えている。ただそれは人間にとって言いようもない難事で、いずれにせよ今日の人類のままではだめだ。視野貧しく無知独断で、とりあえずの糊塗にのみ溺れる人間の群れではどうにもならぬ。教育は未来を開くための不可欠の手だてなのに、謙虚さを欠く為政者たちはそれにすらわが都合を押しつけて恥じない。しかもその自覚反省もない。だから一人ひとりの人間の〝不完全〟の貴重さを全く理解できていない。一見かっこいいが浅薄極まる無責任な〝正解主義〟のとりこになったままだ。学力でもしつけでも、見せかけだけの無内容なものを平気でまかり通らせている。

老耄に近くなるとやたら気がせいて、きめつけが多くなることをみずからも省みているが、何かもっともそうな批判を口にしながら、しょせんは現状に安息しきっているごとき世の知識人の気持ちがわからない。かれらは実は勝負を避けているのである。遠くのことはわからぬと謙虚めいた顔をしているが、心底にあるのは未来への強い不安と現状打開への脱力感なのである。アキラメとかマサカとかいう甘えがそこにある。とびきりの発明発見でも降ってわく幸運を願うのだろうが、事に正対して挺身することができぬのだから話にならぬ。とにかく己を裸にしての正対というのは一番のタブーで、ただ何となくうまく流れたいというのが正体だ。昔もそういう手合はいたろうが、今はそういうのがとくにはびこる感じだ。

科学は環境問題への元凶としていくらか顔を小さくしているが、いざとなれば人はやはり科学の威力に頼らずにいられない。しかしそこで人が錯誤をおかしているのは、科学の絶対性ともいうべきものへの甘い傾倒であって、真に望むべき科学のありかたは、誤りと知ればすぐもどりうる限度から決してはみ出しはせぬということである。いわゆる科学は近年致命的というべき問題をいくつか起こした。IT社会の謳歌もやがて取り返しのつかぬ過誤を嘆く日がないとはいえまい。私は便利さを、わが都合よさを自制しきれるところにこそ、人間の智の極みがあると思う。もし真にそれができれば、われらの未来も必ず沈むとはかぎるまい。

とはいえくり返すが、既成の立場で安易に事を構えても必ず破れる。予期せぬことが忽然と決定的なかたちで生ずるのが環境問題の本質だ。それに気づくことがないかぎり、人類破滅は必然のことだ。科学主義を標榜して静に静を重ねていれば、あの万事の禍根というべき正解主義が容赦なくはびこる。そこには静も動を根底にして初めて生きるという真実が欠落している。決して絶対に逃げこむことをせぬ動の立場に徹してこそ、人間は真に危局に立ちうるというこことへの本能的ともいうべき無知がある。それはまさに柔軟強靭な弾力性の欠如だ。暴力への永遠の屈従だ。世界一体化の平和が環境のことに強いられて実現するのはいささかやしいが、静の典型としかいえぬ軍事の抹殺は得がたくすばらしい。もしそうなれば、明々白々主権国家体制の崩壊だ。その過程は確かに困難を極めようが、背に腹は変えられぬ。それができなければ、人類はもう終末だ。

　これまで先哲は多くいたが、だれ一人かかる危局において考えた人間はいない。私は今こそ人類滅びの哲学が、滅亡に直面しうる深い哲学が不可欠だと思う。見苦しく楽観に逃げまどって、己の終幕をすら見届けえぬとはあまりにみじめで哀れではないか。そこに現われるのはあるいはとてつもなく偉大な哲学かもしれぬ。そのことの故に人類の存在が高く評価されるというほどに。老残の私にはもとより力も時もない。しかしもしその哲学が真に深く輝くことがあれば、人類は滅びてもなんらか創造の道を残すことができるかもしれない。さいごにつけ加える。今日は高齢化社会だというのに、老人の地位は低い。社会に用なきこわれた人間の扱いである。しかし多くの老人はもう少し正常だ。知恵も経験もある。面倒をみるのが大変だからそろそろ消えてほしいという注文の存在は一応わかるが、それなら老残の言い分ももっと謙虚にきけと言いたい。もう今さら欲をもってもしかたがないから、われわれは案外にものが見えるかもしれない。六十代くらいで円熟などと誇らしげにいうのは、いささか奇異にさえ思えるということである。むろん年寄りに卓見が多いというわけではないが、高齢者がこのように増加しても、その分知的な意味での財産がいっこうにふえぬということでは、あまりにさびしい。

注　『思想』（岩波書店）二〇〇九年一月号所載「環境問題考―人類破滅への哲学」に若干加筆。
『新樹』二〇〇九年秋の七号所載。

人類絶滅を直視して生きよ―わが裏通りの論　二〇一一年度　夏期集会講演

一　なぜ滅びざるをえないのか

今回の演題は「わが裏通りの論」ということでしたが、大震災の世の様を見ていて表記の内容と変えました。しかし裏通りが私の思想の基本であることは間違いないし、今回の論も本質的にはそれを言おうとしているのです。一見みすぼらしく見える狭い裏通りにこそ人類の、人間の真の姿があるというべきです。

こんどの地震は私にもショックでした。むろんそれはすさまじさのためですが、わが墓穴に入ろうとする私が突然襲われたことも大きかったと思います。でもいくらか時がたってよく考えてみると、いつも私が強調している立場こそやはり正しいのだと思えてきました。きょうのお話はその趣旨です。さてこのたびのような大災害にあいますと、日本人は当然大変な覚悟をしいられますが、それは〝がんばれがんばろう〟などというだけではどうにもならぬものと思います。言いようもない災難にあわれた人にがんばれなどとはまことに残酷で、人間として真剣に事に向っていない証しですよ。とにかく阪神淡路のときとは状況が違います。復興は容易ではない。にもかかわらず私はあえて言えばこの震災はまだ恵まれていたと考えるのです。もし茨城沖や東京直下さらには東海と連鎖して起こったらどうなったか。がんばろうなんてとっくに吹っ飛んだでしょう。そんなひどいことなんかめったにと高をくくらず、あくまで真剣に考え受けとめる心構えこそ肝要です。責任ある科学者が想定外などと厚顔に逃げているのはまさに言語道断。もっと大規模の地震津波が連続的にやってきても文句の言いようはない。その可能性は十分あります。だのにふだん学校での避難訓練のきれいごとはいったい何か。災害対策はおしなべて楽観的に過ぎはせぬか。運不運があるというなら、不運のケースこそ念を入れてしっかり考えねば。専門家の予測が仮に一〇パーセントほどでも決して捨てておけません。

となると私のいつも言う環境問題の激化も同様です。最近の異常気象は実はまだ序の口の序の口だとすると、温暖化激化とどう対応できるか。風速百メートルとなれば建物全倒壊、大洪水大ひでり海面上昇と来てとくに平均気温が異常に高まれば社会生活完全に破綻ですね。世界が狂い、餓えた大群衆が国境を越えて逃げまどい海も渡る。どこもここも大混乱で国の機能も次つぎ失われましょう。原子の力も猛毒の菌もすでに野放しです。主権国家体制が破れて民衆も自棄退廃、その無秩序にはヒトラーまがいも横行しかねません。世界はまさに地獄と化します。もちろん今このように言う私は流言飛語の徒輩ときびしく非難されましょう。しかしこのような最悪の事態が起こらぬとだれが保証してくれるのですか。危険は明らかにあるのにそれを正面に置こうとしない。なぜ用心一つせず一切無視してしまうのですか。人間疎外そのもののこの悲惨な大混乱は、もう救いようがないから人類は明確に滅びます。大げさだと思うならよく考えてみてください。地球の生物は必滅ですよ。人間というようなデリケートなのは、恐らく相当早く死滅する。当然でしょう。あと千年といいたいがまあ五百年か。原子のことがあるところへ環境問題までひき起こしたから二百年か百年ではないか。百年だとまだお孫さんたち生きている。とにかく自他共に認める大国が理由もなく戦争をしかけて大勢の人間を殺す。世界のあちこちで二つの大国がちっぽけな島を争ってすべもなくゆがみ合う。こんな愚劣きわまることをして莫大な金を軍備に投ずる。どうしても殺し合いから脱却できぬ愚かしい生物は早く滅びてあたりまえだ。環境問題への対策は全人類が虚心に協力しても至難なのに、このていたらくでは絶望そのものです。これからの教科書はまず真中に「人類は近く死滅する」とはっきり書くべきだ。人間はそれを前提にしなければもはやまじめに生きられない。

二　末期の地獄を何とか小さく

絶滅の前に出てこずにいない末期の地獄、人権どころか人間のいのちさえ全く無視されてしまう恐ろしい地獄を、なんとかして少しでも小さいものにしたい。そのためにはそこにいる人間の質が重大ですね。地獄と戦える人間をどんどんつくらねば。そこで教育が根本の問題になります。地獄と戦うには想定外と正対しうる力が不可欠です。迫力ある応用の力というか、〝正解〟など吹っ飛ばす強烈な立場に立つことですね。世にいう学力やしつけは、まさに想定内の優等生ねらいですから。そんなのは太平の世の中では幅をきかせても、いざというときには全く力にならない。とにかく人類の未来はまずまずいつまでもご安泰と割りきっていたときとはもう視界が違うのですから、学力もしつけも根本から考え直さねばなりません。どうですか。想定外のことに恐れず取り組む、勇気をもって挑める子はどうすれば育つのでしょう。たしかにそれはむずかしいことですが、私は初志の会のみなさんならきっとすばらしい考えを出してくださると思うのですよ。

別に系統学習の悪口を言うわけではないけれど、系統学習はあくまで想定内を相手にした考えですから、想定外の世界では動きがとれない。そこへいくと弾力的で柔軟強靭な問題解決学習には奥行きがありますからね。これはもう世界観人間観が違うので、正解はありえないという立場でたえず現実のなかに自分をくり出せるから想定外に向い合えるのです。むろんくり返すように前提はごく近い人類死滅ですからしょせん絶望なのですが、その絶望のもとでできるかぎりの努力を続ける、淡々としてわが道を求めるということなのです。初志の精神にはそれがある。そこがこれまでの世の考え方とは異質です。地震や台風や洪水やでもう絶望というときに、ひとまずはもちこたえて自分を正面からぶつけることができる。ほんとにそれができる人は、いつも自分の死を見つめるゆとり、幅をもっているのではないでしょうか。

想定外と正対できる子というのを念のため道徳教育で申しますとね。やはり既製の価値観に自分を真向からぶつけていけるということだと思います。たとえば世間も先生がたもこのルールは守りなさいと言われる。そのときその子はどうするか、無條件に服従することも反抗することもしない。そして考えてみる、自分はこのルールを責任をもって生かすことができるだろうかと。そこには考え方のことも能力のこともありますが、実は子どもがこのように迷い考えることがすでに想定外の世界なのですよ。親や教師はそのことわかっているのか。創造の世界は本来想定外なのですよ。子どもをせっかくの創造から遠ざけて何が指導者だ。ご承知のカルテは人生を、ことを深くとらえさせる力をもっていますから、人間をごく自然に創造的にします。悲惨な地獄との戦いをもちこたえるためには、このことが一番頼りになりますね。カルテは人間不屈の主体性の源泉です。そこにあるのは一人ひとり独自の個性的なもので、それ故に地獄のさなかでも粘りぬけるのだと思います。

地獄との必死の戦いは、ぜい沢し安楽することの断念や利己心権力欲の克服といった当然の自制だけでなく、世の根底から系統主義とか科学主義とかを排除せねばならぬから大変なのです。いわば割りきりの断絶ですね。みなさんは気づいておられるかどうか、今日までの世界は言いようもないほど割りきりがはびこっていたのですね。想定内にふんぞり返ってあぐらをかいていたということですね。そこから破局が生まれた。そして人には察知できない破局がまだ次つぎ続くということですよ。とにかく割りきりは楽だから、みな引かれていく。そこには未来への謙虚な姿勢など全くない。

三　美しき敗者たれ

私このたびの震災にあってつくづく思うことは、人類はこれまで己の死に触れていないということですね。滅ぶにきまっているのにそれを考えない。哲学者も文学者も言わないいんですね、人類がなくなるということを。今の政治が典型ですが、次の世代にどしどし借金を残す。まあ何とかなるだろうと。要するに絶滅に触れぬのもこの先送りの最たるものです。まあ永遠に存在するつもりになって楽しくやりましょうということ。災害を思えばなおさらだけど、自分の死を見つめることのない人生は浅いつまらぬものです。でもねどんな古典を見てみても人類の死滅のことは出てこない。ほんとに考えたことないのかな。そんな文化は浅薄で卑小なものではないでしょうか。宗教はどう言っている。極楽や天国はどこにあるのです。人類が死滅したとき神や仏はまだいるんですか。いないんですか。そのことはだれも何とも言わないで、ただ自分が救われるとか安定するとかばかり考えているのは、ほんとずるいではないですか。

先生がただって子どもが心配して、ひどい地震が来ないかと質問したらどう答えます。「もう大丈夫あんなの来ないから安心して勉強なさい」と言いたいでしょう。でも「もっとこわいの来るかもしれんから覚悟して」というのが真実のことではないか。系統学習は想定内の安全運行だから教師も子どもも楽ですね。そのかわり迫力ある応用力とは無縁です。想定外が舞台になれば弾力的で柔軟強靭な力が働く問題解決学習に望みがあると申しました。テクニックではなく立場の問題ですよね。それは自然に初志にもかかわるわけですが、とにかくその結果はまた言いますが、全滅に向う人類の言いようもない絶望のもとでさえ、けんめいに道をひらく努力ができるようになるということです。そうなればどんな危地にも冷静に自分をぶつけることができる。そういう人間になれ。そういう人間をつくれ。

ここで大事なことは、いつも勝者であり美しくあることを願ってきた姿勢を変えよということですね。一転させよということですね。「人類はもう滅びるから敗者だよ」子どもにその真実を言うのはよいがあとどうなる。失望して気力を失うのでは哀れ。しかしいったい敗者というのはつねに弱い者か、悪い者か。やるべきことをやりぬいて滅びる敗者はむしろ十分に立派ではないのか。そこだ、そういう滅びようをこそわれわれはすべきなのだ。

スポーツではいつも勝利が求められる。すべては勝ちに結びついてこそ意味ありとされる。しかし勝ちさえすればよいという立場はやはり矮小ではないか。むしろ美しく負けることができれば、その方が立派だと思う。人間としてみごとだといえる場合があるとさえ思う。人類も敗れて立派であってほしい。美しく滅びてほしいと願う。そのためにはどんな教育が必要でしょうか。サッカーのなでしこはほんと優勝できてよかったと思いますが、昔の辛酸のことを思えば力のあるアメリカやドイツに敗れたとしてもすばらしく美しかったと思いますよ。かれらはやるべきことをほんとにしっかりやりました。みごとな戦いぶりです。人類もまた自分を美しく保って滅びなくてはね。そうできればまだ何百年かもつ。でも愚劣きわまることを平気でやっているからだめなのです。もう手遅れです。

そういうふうに考えてくると、こんどの大震災も位置づいてきます。本当の悲しみというのはね、慰めや励ましで癒えるものではありません。楽しいことといくら積み上げてみてもだめです。もっと大きな悲しみのなかに置かれたときはじめて癒える。このような真の悲しみのありかたがわからぬ人間が多いことが何とも悲しい。人類破滅ということはほんとに悲しいことだけれど、また実に貴重な問題なのですよ。われわれは今それと正面から取り組もうとしている。そのことのわかる人が稀少なのがまことにさびしい。震災で思い知ったように、悲しみというものはむやみに消してはいけない。消せば幸せがくるということはない。真の幸せは己の死に至る生きかたのなかにこそ見いだせるので、死を忘れたり遠ざけたりしては空しいのです。心構え、覚悟のことにしても、もっともっと大きな困難に向おうとできるかどうかということですよ。それを安易に考えていたずらに慰め合ったり忘却にまかせたり、それでただただ墓穴を掘ってきた。それではのたれ死にしかありません。今の日本にほんとうに緊張があれば、きびしい自己反省があれば、それは生きると思います。そこには楽観はありませんから。悲願に徹しなければどうにもならぬものがあるはずですから。割りきることは一見きびしくみえるけれども、ほんとうは甘くて安易なのです。そこにはずれのきびしさがない。想定内だけで勝負しようということですね。外へのはみ出しは全く認めない。昔は当為という言葉が使われましたが、命ずる側にとってこれほど都合のよいものはありません。まさに表通りの論理です。私のいう裏通りの論理とは正反対です。これから地球に何が起こるか知れませんが、それとは裏通りからでないとしっかり取り組めません。人間はなぜこの大切な裏通りから浮きあがってしまうのか。最後は美しき敗者に尽きましょうが、真の幸せはそこにあると考えます。

（二〇一一・八・九）

この道をゆき　またこの道をゆく　尽きる日なく　二〇一二年度　夏期集会講演

一　この道なにゆえに

この集会は大勢集っていただいてまことにうれしいことです。私は昨秋ひどい病気をしてご心配をかけ今回も多分に無理がありましたが、何としてもと出てまいりました。演題妙なふうですが、一口にいえばやはり初志の会の道なのです。みなさんと共に歩いているこの道です。ただ私には会のできる前にも十年ほどあって、その最初から今日まで続く道です。昨夏はあまり話せなかったことに「裏通り」のことがありますが、まさにその道です。裏通りは表通りの明るく立派で堂々としたのとあい対する道で、暗く貧相で見ばえがしない。でも人間の喜びや悲しみはそこにしみこんでいるわけで、人の居場所として実に貴重なのです。ところが学校では教科書も指導要領もみな表通り。ここまでやったぞ、全部わかったはず、テストで正解出せぬのはけしからん。どれもこれも一切想定内の話だから先生の勢いはいい。しかし想定外となるとそういう美しく輝いていたものは消えます。逆に裏通りではそれがいきいきする。授業も裏通りだと驚くべきことが続々出てきて、しかもだれもが逃げずに取り組めます。ここが教育の真のポイントだと私は考えます。

初志の会はやはり裏通りですよ。ジャーナリズム向きではないけど、人間の支えとしては本物です。地道に地べたをいくからいざというときしっかり働ける。地震津波がくれば表通りの型ではどうにもならない。避難訓練もナンセンス。うちの会がやってきたことは見場が悪くても、社会のきびしさと正対しうる何かがあります。私の場合さかのぼるともとはまさに戦争だった。坊やの大学生がいきなり兵隊にされて戦場までいく。あとから考えるとほんとうに人間を勉強することばかりでした。勉強というのは軍隊の訓練ではなくて、ぎりぎりの場で人間どうなっていくかということですよ。そこで私の人間変革が起こった。何とそれが復員帰国後も続いたんです。戦争というのは相手を殺さなければ殺されるということなんですよ。きれいごとじゃない。そういう醜い人と人の殺し合いをほかならぬ国家が命じているのです。人殺しは名誉で勲章をくれる。国というやつはほんとに悪いと私は痛切に思いました。当時国は輝いていた。人間は国のために唯々として死んでいく。このことと絶対に忘れられぬのがもう一つ、権威や権力を揮ってるやつは無能無内容だということも。いばっているやつは人間の中身ゼロ。隊長、部隊長を見てればもう明白。この二つの発見をかかえて私は故国にもどりました。これらのこと一生忘れることができません。

焼け野原の東京に帰っても母亡く父病み幼弟をかかえて家なく財なき身、将校ゆえのパージに職のあてなくどん底だった。あとの人生このときとくらべれば楽なものだ。恩師の世話でたまたま文部省に拾われ運が開ける。新教育の発足で社会科という新教科にぶつかった。安月給でも多忙をきわめたが、とにかく子どもの教育には私は無知だ。学習指導要領作れと言われても途方に暮れるだけだが、食わねばならぬし戦場で心臓だけはきたえられている。あとで考えれば重要なしごとで、馴れない二十代の若者の手に負えることではなかったんですが、大勢への講演までたちまち引受けて原稿なしにしゃべるという心臓でやってのけてしまった。教育はわからなくても社会科は、例の戦場からもち帰った二つのことにはかかわりある感じです。理くつばかり言っているアカデミックな哲学など、戦場帰りの人間には関心なくなっていた。後に初志とよぶこの社会科の考えかたは戦争とつながって私に根づき、ついに今日に及んでいるのです。人間はおかしなもので運命に導かれてこんなふうに育っていく。だれに命ぜられたのでもなくそうならざるをえなくなっていくのです。今みなさんに骨折ってもらっている問題解決学習は、人間が戦争のなかでいためつけられながら生きぬく姿にマッチしています。きれいなかっこうじゃなくドタバタしながら事に身を挺することだから、平和の時代でもなまやさしいことではありません。そういうものをみなさんは五十五年間ほんとによくやってくださった。系統学習はきれいだけど腰が浅い。問題解決学習は人間に深く突きささっている。裏通りだもの。今は震災もあって大変な危機です。かつて新教育はすごいピンチで生まれた。そしてよくやった。今日の危機も戦争直後の当時に劣らぬのに政治も教育もぜい弱だ。腰をすえて根本から考えようとしない。これからの日本を、日本人を、いや世界をどうするつもりか。今後の世界を根底から考えないでいったいどんな人間を育てるつもりなのか。うかうかしてると人類は間もなく死にますよ。取り返しがつかなくなりますよ。

二　糟粕をなめず

このように話をしていると私は一見元気に思われましょうが、日ごろは心身苦しいことが多いので、集会講演も今回で最後かもしれません。それとここは信州で、七十年近くも私が来続けたところなのです。いやその長野県はご存じないでしょうが、かつては西田哲学というのが盛んだったのですね。私が来ていたのはそれと無関係ですが、西田幾多郎は私の祖父です。そのことに私はこの会で一度も触れたことがない。年とったので、〝林間抄〟には最近少し書いていますが、とにかく私は知られたくなかった。事実知らなかった人がとても多い。実は祖父の名は有名すぎて、私が純粋に研究し実践する上で雑音の邪魔が入りやすい。それが戦場を体験してきた者の実感でした。哲学の学界からもそれで故意に離れました。しかしそれは、祖父の思想を拒否したのではなく、むしろ考えかたは似ていて大切なところで影響を受けています。えんえんと続く話や文の調子は同じだしまるで真似たみたいだけど、そうではなく自然にそうなってしまうのです。私は祖父の人間としての生きかたが好きだったんですね。とにかく私が生涯のしごととして推進してきた初志社会科の世界では、祖父との関係を知る人は稀で、とてもやりよかったと思います。このこと祖父もきっと理解してくれるでしょう。

昔のことですが、ある熱心な西田の信奉者が本をほとんどすり切れるまで読んでいた。そういう勉強家と私がたまたま社会の問題や教育のことを話し合ったところ、びっくりするほど幼稚だったんですね。私はショックでした。これでは全く読めてない。わかってない。祖父がかわいそうというより、ひどく害があって恐しい。だけど世の中こんなことは決して珍しくないんですね。実は私が今祖父に触れたかったのは本の読みかたを論じたかったのです。祖父はその点まことに乱暴でした。いきなりばさっとどこか読んで、それを受けてまたどこかを少しというやりかた。目をつけたところをしっかり読めば、その本のエキスはつかめるという考えですね。値打ちがないと思うとそれで捨ててしまう。祖父は自分の勉強に役立てるために読んでいるのだからむだはしない。その点徹底していました。ところが日本の学界ではけんめいに外国の学者を研究して、それを業績にする。名を挙げる。自分の考えの発表など二の次です。だからその読みかたは、第一頁から最後まで丁寧に読んでいく。落ちがないことが第一です。

はっきり言えばまさに糟粕をなめるように読書する。そうしないと理解できぬという。この優等生主義では個性の働きは完全無視。最後までなめるように読む人にはほんとうは内容の深い理解など期待しようがありません。日本に限らないが、学者というものには自己満足だけの点取り主義が非常に多いのです。祖父はその点徹底して研究者としての筋を通しました。でも祖父の本をなめてなめてなめてなめぬく人がいる。

私は京大の哲学科に入ったとき一年以上祖父と生活を共にしました。しかし祖父と哲学の話は一度もしていない。温かい態度だったからむろんきけば話したでしょうが、こちらが何も言わぬと向うも言わない。私はもう少しで命が終わると思っていましたから、抽象的な哲学の勉強よりは生死のこととの対決の方が先です。ちゃんと潔く死ねるかどうか。祖父とはついに何も問答せぬまま死に別れてしまった。でも私は何かとても大事なことを学んだと思っています。事に対する取り組みは容易に諦めない。しかしこだわらずにまた発見していく。そういう問題解決のしかたですね。その流儀はいくらか私に生きた。その分少しは祖父の悩みも理解できたかと。とにかく戦地にいくときも、じっと見つめて送ってくれた。ひとことも言わない。でもよかったと思います。そういう親しさ温かさが血がつながるとある。哲学もあるいはその底に。

三　初志の道尽きるなく

ところで問題解決学習は落ちなくなめていくことの正反対です。初志の会のやりかたでは落ちがあってというが何が落ちるのか。真実というものは落ちだらけではないか。自分をしっかり事にぶつけていけば必ず落ちが出る。だから意味ある発見もできる。原子力村の先生たちは想定内に安住して事を誤った。学者は想定外と取り組むのがしごとだし、教師だって想定外に正対できる子をつくるのが使命です。それを怠れば人類は滅びます。今哲学は世界的にだめですが、教育もよくありません。想定内に甘えきってるからそれを根本から直さねば。最近地震が多い感じで不気味ですが、私は環境問題の方がこわいと思う。何しろ異常気象はずっとですから。いつ爆発するかわからない。大風大水止めようがないし海面上昇も諦めるほかない。この夏ほんとに暑いですが、年平均気温が三度も四度も上ったらどうします。四十何度なんて高温が続けばどう生きる。産業も交通もおかしくなって人間の生活はめちゃくちゃ。動くのも大変ですが大切な物資が手に入らない。どこもかしこもですからね。大げさみたいだけど、この温度上昇を防ぐあては全くない。ことが千年も先ならともかく三百年か、いやあるいは百年先かも。そうなれば孫やひ孫はどうなる。温暖化の正体はよくわからないが異常気象が激化したら絶望に近いでしょう。北極南極の氷の融けかたも予想外のスピードです。首都直下地震が明日にも起こりうるように、異常気象爆発がいつ来るかわからないのです。

悲観に過ぎるみたいですが、あれだけショックの大きかった大震災さえいつか印象が薄れて、原発再稼働の動きが強まっているではありませんか。台風の秒速が百米になればもうこの建物もふっ飛ぶ。大洪水大干ばつでは人命根こそぎ奪われましょう。そういうことが各地に頻発すれば世界は混乱し秩序もなくなる。乱世となれば原発事故どころか核爆弾のボタンを押しかねぬ無謀な政治家も現われましょう。一発やればもうそれで世界はおしまい。人類は滅亡。だれしも飢えてるしこごえてるし理性も狂う。昨年言ったように近く滅びることはしかたないけど、子孫たちがむごたらしい不幸な目にあうことはなんとか避けさせたい。しかし今の人間のありようを思うと、はたして困難のどん底に耐えられるかどうか。自分中心はだめです。だけどしっかりした個の確立がないのもだめ。私が戦場からもち帰った二つに照らしても、権威権力は空転するばかりだし、国もわが利を棄てて他と結ぶなどできようはずがない。いずれにせよ絶滅は必至だから、その自覚のもとに今は明確に再出発せねばならぬ。

われわれ人間はこれまで己の死を前提に人生を考えてきました。世界も遠くない滅亡を覚悟すれば、いろいろ違ったいきかたもできるのではないか。いつまでも大過なく行き続けられるという構えで、勝手放題に人類は生きてきました。つまらぬことにとらわれてみすみす墓穴を掘ったりもしている。先は短いのだからもっと賢明に考えたらどうか。むろん先がないと自暴自棄になる恐れはあります。でもそれを押さえ切れるのが人類の値打ちではないか。そういうふうに考えると、教育はいよいよ不可欠の重要事になりますね。子どもたちはこれから二十年三十年いや五十年、何が起こるかわからぬ事態で生きていかねばなりません。そういう子に何を身につけさせるべきか、われわれの真剣な課題ですよ。

そういうわけで私の道は地獄に通ずる道なのです。それはもはややむをえない。でも私たちの非力もあって生まれた未来の人の苦しみが、少しでも軽いことを切に祈ります。今日の政治も教育もその点でもっと正面からきびしく責任を問われるべきではないでしょうか。今校長たちは避難訓練のありかたに苦労しているでしょうが、教育目標をどう立てるかという根本的な問題も同様に切迫しているんですよ。ご安泰と思っていたときとどうはっきり違えるのか。人類はもう死の前にいる。そういう思いは昭和にはなかった。むろん大正や明治にも。われわれの前だけにある。うれしくはないけどハイレベルの問題解決ですね。子どもの自殺は用心とテクニックだけで防いでもだめだ。起こらなければいいというものではない。大人の自殺もたいそう多い。まさに政治と教育の貧困です。人間というものをもっと根本から考えなければ。そう言えば幼児もいっぱい問題をかかえている。深刻にならざるをえません。昔は成人するまでは無邪気でいろと言われた。しかし今は小学一年生も幼児も同じ問題で悩んでいる。子どもだから経験が浅いからこうさせておこうというのは表通り的でまずい。ここ重要なポイントです。権威権力は中身からっぽ。国も欠陥商品です。謙虚さのないのをのさばらせておいたから、世界は滅びていく。取り返しはつかない。

初志の会もその志に徹して今新しい出発ですよ。権威権力と戦う。古い国家意識と戦う。人類絶滅が迫っていますからね。背水の陣でばさっといこう。会員が減れば組織はつぶれるでしょうが、一人ひとりの初志はいつまでも滅びません。それこそまさに〝道尽きず〟です。

（二〇一二・八・七）

書斎の思い出

西田幾多郎書斎「骨清窟」（国登録有形文化財）

修復移築　完成記念講話

大変暑いところでご苦労さまでございます。骨清窟の移築について、私からもみなさまにお礼を申し上げたいと思います。その上で先ほどお披露目されました骨清窟のことを申し上げます。

幾多郎は昭和二十年六月に亡くなっています。その後京都の大学のそばにあった大きな家を、私の叔母の静子がひとりで守っていたのですが、これが昭和四十八年に倒れまして、どうにもならなくなりました。お弟子さん方はあの家を保存したいという希望もおもちのようでしたけど、ちょっと状況から無理で解体ということになりました。それで当時の宇ノ気《け》町が書斎だけを移築するということになったわけです。ちょうどそのとき西田家の嫡孫幾久彦君はヨーロッパで勤務中だったので、私が宇ノ気町の方と打合せをしてそれを決めました。その後書斎はこの町で保存され、今日に至ったというわけです。私自身そういう因縁がありますので、今日は非常に懐かしい感情をもっております。

私は戦争中京都大学に入りまして、そのとき祖父と一緒に生活をしました。祖父はその京都の家におりました。しかし祖父はしだいに鎌倉の方で生活することが多くなりました。京都は寒くて暑いですからね。そういうことで留守が多くて、私はその家で何をしてもいいといった形で、いっぱいある本を読んだり、ごろごろしたりしていました。あの書斎で本を読んだり、昼寝したりというふうだったわけです。まあ、さすがに机で何か書いたりまではしませんでしたけれども。とにかくだからとても思い出があるところです。

今日書斎を拝見したところ、とてもよく原形が生き返っていると思います。ただ補修されたわけですからどうしても新しい感じはあるわけで外形的なふんい気はまだまだですが、これはやむを得ない。これから何十年かたてば、おそらく当時のそのものが出てきうるだろうと思っております。いずれにしてもよくやっていただいてうれしく思っております。

祖父にとってあの部屋は本当に、自分の居場所というか、穴倉みたいなものだったと思います。執筆は午前中にやりまして、午後は人と会う、お弟子さんの指導をするということで、全部あの部屋でやっていたのです。移築された書斎は横の方から入れるようになりましたね。あそこは大変大事で、玄関から入るとすぐ右側にドアがあって、そこから書斎に入るという形になっておりました。私が一緒におりましたときも、本当にたくさんのお客さんがいらっしゃったことを思い出します。すべてあの部屋が舞台になっておりました。でも私が知っているのはもう晩年の晩年で、先ほど言ったように鎌倉と行ったり来たりという時代でした。それでも執筆活動は盛んにやっていたし、本もたくさん出しておりましたね。むしろある意味では一番燃えた時代のひとつであったということも言えると思います。

書斎の中に暖炉がありますけれども、あそこは非常に懐かしいところなのです。もうひとつ寝椅子がありまして、そこに横になっていたことが多かったと思います。ですが、それを置くと部屋がちょっと狭かったですね。テラスを出たところに池がありまして、そこに鯉などを飼っていました。私は、もう少し若い現役時代のことは知りません。まあ知っていたとしても子どもでしたからちゃんと覚えておりませんが、ほとんど変わっていなかっただろうなと思います。ただ妻が病気をして全く動けず、娘たちも病人ばかりになって非常に苦しい時代が、大正に入ってずっとあった。それは研究も一番よく頑張って努力したときなのですけれども、同時に家庭生活が非常に苦しかったと思います。そういうこともすべてあの書斎で耐えてきたと言ってもよろしいかと思います。

旧記念館の横に置かれていた時代の書斎は非常によいあり方でしたが、今度こちらに移して、ずいぶん便利になりました。これで木が生えてうっそうとしてくれれば、昔の感じが出るだろうと思っております。私の部屋についての思い出は今言いましたとおりですが、部屋そのものはいろいろ詳しく研究されて、再現・改修されたということがよく分かります。いい仕事をしていただいたと私は思っております。もっと細かいことを言えばたくさんありましょうが、筋道としては大体そういうことに尽きるということで、喜ばしいというより、ありがたいことであるということを申し上げたいと思います。

私としてははっきり申しますと、孫がじいさんの書斎をいくらほめてみたって、おそらく冥土の祖父はたいして嬉しくはないと思うのですね。実は私自身はこの宇ノ気というところには、教育の分野でいろいろと縁ができましたが、それは全く偶然で西田幾多郎の関係からではないのです。そういう意味では、私がやがて泉下で祖父に会うときに、不肖な孫だったにはちがいないけれども、祖父が私に対して「ひとつぐらいは宇ノ気のためになってくれた」と思えることがあるとすれば、これだと思います。ですから、少しこの場をお借りしてそのお話をさせていただきたいと思います。今日は、書斎が大事な問題だったのですけれども、私にとっては、そのことも非常に大事なことなのです。

昨年秋に、岩波文庫で『西田幾多郎歌集』という本を出しました。その編を頼まれて、やらせていただきました。その際岩波の編集者とお会いして話していたときに、その編集者が言ったのですが、宇ノ気に行ってそこの三十代の女性と話していると、自分の小学校時代のお話しをされて、そのときの教育がとても素晴らしかったとおっしゃっていたというのです。今の自分が少しでも値打ちがあるならば、そのおかげであるというようなことを言って、宇ノ気小学校の教育を非常にほめたというのです。そういうことは、めったにないことですよ。私は、それを聞いて非常にうれしくなりましたね。私が関係していた当時の宇ノ気小学校の子どもが大人になって、関係もない人にそういうことを言うというのはね。これはやはりそのことについてお話ししよう、お礼も申し上げなければならない。そういう感じがしまして、少し脱線気味ですが、ここでお話しさせていただきたいと思いました。

あれは、昭和五十八年頃、一九八〇年代になって間もなくですね。当時の宇ノ気小学校の校長先生が、学校を作り直したいということで、私が依頼を受けまして、お会いしました。その校長先生は、私が西田と関係があることは全然ご存じない。私もそういうことは関わりないと思ったので知らん顔をしていました。安東小学校という個性的な学校が静岡市にありまして、子どもが非常に生き生きとした活動をするので、全国的に有名です。私はその学校に四十四年間ずっと行き続けましてひとり研究会の指導をしました。今年で四十四年なのですが、その研究会も多分今年で終わります。校長先生はそのとき、その学校をご存じで私に依頼されたわけです。そういうことで宇ノ気小学校の指導を始めました。

私は、特に期待もしないままやったのですけれども、わずかの間に予想以上に素晴らしい学校、素晴らしい子どもたちが生まれたのです。私は十数年来たのですが、その時の先生がたがとても素晴らしかった。だから子どもも素晴らしくなる。安東小学校に次ぐような学校ができて、全国から宇ノ気小の研究会に集まってくるという状態でした。今でも、ずっと離れたところでも、心ある人は宇ノ気という名前を忘れずにいますね。それだけ頑張ったわけですよ。もちろん、その時の先生たちの骨折りですけれども、やはり宇ノ気の人たちの力でもあると思っています。私が全国の各地の学校を経験した中で、宇ノ気はなかなか得難い存在でした。

ですから、私はそういう自信をこの町の方にはもっていただきたいと思う。先生はもちろん、子どももちろん、親たちもですね。たまたま私の祖父がここから出ました。そしてこの哲学館がある。それはいろんな意味において非常に大きいことだと思うのですが、ここの人たちは、実はもともと何かそういうものをもっているということなのです。これはあまり知られていない。知られていないどころか、ここの人たち自身もあまり自覚していらっしゃらないのではないかと思うのです。

大事なのは、そういうことがどうやって起こってくるのかということですね。どこだって人間努力すればなんとかなります。なんとかなりますけれども、そういうことだけでできたのではないのです。みんなの、なんとかしてよい人間関係による教育をしようという願いの中から自然に生まれてきた。それをまた町の人も理解するということは素晴らしいです。そういうことが十数年続きました。そして私はそのことに深く関わることができました。このことは、くり返しますが、祖父に報告しても「お前にしてはよくやった」と言ってくれるだろうと思うのです。私は当時、その宇ノ気小学校の教室でたくさんの授業を見ていたんですけれども、ときどき眼をそらして祖父の生まれ育ったあたりなどをちょっと眺めたりして、考えにふけったことがありました。けれども宇ノ気の人は、誰もそのことを知らない。誰も知らないからよかったと私は思うんですね。万事そのようにしてわざとらしくなくよいものが育つということは、たまたま優れた哲学者が出て、それを大事にするということとは別に、何かこれは相当根本的な問題で、私の祖父もいろいろ考えていたと思うのですが、町の伝統的な雰囲気のせいとでもいうか。

私はもう歳でございまして、この宇ノ気に伺うのもおそらくは最後ではないかと思っています。ですから、すべてがお別れであると思っているわけです。しかし、そこでたまたま、こういう話をすることができたということを、大変うれしくありがたく思っております。今この会場に、当時頑張ってくれた宇ノ気の先生がたが何人もいらっしゃっている。実は、この哲学館の大木館長もその時の宇ノ気小学校の大事な有力メンバーのひとりなのです。そういうことが、何かひとつの因縁となって私にここで語らせたということをご理解いただきたい。そういう意味で宇ノ気町、今はかほく市ですね、この町が本当の意味で伸びていく、日本の力になる、世界の力になるということを強く目ざしていただきたいと思います。

今の教育の状況は非常によくないです。政治の状況も悪いけれど、何とかそれを打開していかなければなりません。私からすれば、西田哲学はそういうことに真正面から向かい合うべきであって、ただアカデミックなことを細かくほじくっていればいいものではありません。祖父も落ちがないようにと研究したのではありませんよね。祖父の本の読み方というのは、バサッと読むというものでした。逐一初めから読んでいくということはほとんどしませんでした。それには労力とか時間の問題とかもいくらかあったと思いますけれども、そうではなくて、ある部分を読めばその人間のもっているエキスは分かるということなのです。大事なことは、その部分から読みぬくことができるということです。初めから、全部なめるように読まなければわからないと考えるのでは、これはもう真に分かる可能性がないということです。

私は、長野県にもよく行きました。あそこの人たちには本当に西田哲学の本をたくさん読んでいただいた。でもね、ちょっと語弊があって申し訳ないですが、中にはこういう人もわりに多くいた。私が実際に見ると、本当に祖父の本を擦り切れるまで読んでいるのです。線がいっぱい引いてあって、感服せざるを得ないようなぐあいなのです。ところが、その人と、西田哲学の話ではなくて、社会問題や教師としての問題をいろいろ話し合っていくと、非常に幼稚なことが多いのです。私は、これはおかしいと思います。本当には祖父の本を読んでいない。いや、もし本当によく読んでいるなら、その本の方が悪いです。祖父はそういうふうには書いてはいないはずなのです。そういうつもりで勉強していたのではないのです。

悪く言うと、そういう糟粕をなめるというふうなところが人びとには多くあります。これは祖父が一番嫌いだったことなのですね。ところが、この西田哲学館の趣旨はそうではない。そういうようにものをなめるようなものではない、ズバリと斬り下げていくような何かであって、祖父は満足すると思います。いろいろなよき工夫でそうなっているわけで、私はありがたいと思っております。まさに問題はそこにあるのですね。祖父が晩年政治の問題にいろいろ頭を悩ませたのは、たまたま教え子が政治家になったということもありましたが、そのせいではないのですね。やはり現実の問題に取り組まなければ哲学に意味がないのです。ところが学界でも現実の問題はどこかへやってしまって、「ある本についてできるだけ詳しく調べた」ということを主たる傾向にしている。私も哲学者でありましたから、学会の発表はやっておりましたけれども、やはりこの糟粕をなめるというところが日本の学問の最悪なところだと思います。祖父の哲学は、絶対にそれをやらないということに意味があったのだと思うのです。

そういうわけで、なかなかむずかしいと思いますけれども、ぜひ、祖父の精神を生かしてやっていただきたい。祖父の本当のものは、単に哲学の世界だけではなくて、教育の中にも生きる、経済の中にも生きる、政治の中にも生きるということだと思うのです。それは、生半可に店を広げるということでは全くありません。自然にそこへ行かざるをえない、そこに目を向けざるをえない。それが晩年の祖父の一番の根本のあり方だったと思います。この哲学館は、幸いにして、そういういろんなことに対し得る可能性を持っている。しかしとにかく根幹は考えることにあります。祖父は、家の廊下を行ったり来たり、行ったり来たりしていましてね、本当にくたびれないのかと思った。何をしていたかというと、そうやって考えていたのです。外から見るとみっともないくらいでしたが、そういうことのなかで、何かが生きていく、伸びていくということであったろうと思います。私がそんな偉そうなことを言うと本当に失礼なのですけれども、私は、祖父というものをどこかにもって生きてきたつもりです。そういう何かを祖父から教わったと思っております。そのような立場から、この哲学館が本当にユニークなものになっていくことを、ぜひお願いしたいと思うのです。

大変勝手なことを申し上げましたけれども、私の願いはきっと生きていくと思います。今言いました、宇ノ気小学校のその成果、その力というものはこの町の人間の力です。子どもたちも勇気づけてあげていただきたいと思います。そういうことで、お礼と、それからお願いを申しあげて終わりたいと思います。長い間、私もいろいろご厄介になりましたが、これからもよろしくお願いしたいと思います。どうもありがとうございました。

（二〇一〇・八・二一）

信州六十有余年―ただ遺すがごとく

昭和二十一年初春私は戦地から復員帰国すると間もなく文部省に入り、新教科社会科の誕生に力をつくすことになった。初めて信州に招かれたのは二十二年暮か翌月ひどく寒いときである。南佐久の三校ほどが会場で、研究会にはまだ軍服や時代じみた服の教師もいて印象的だった。それからしばらくは南佐久が主だったが、やがて信州各地を訪れるようになる。三十五年信濃教育会の教育研究所長を名古屋大学勤務と兼ねるようになると、木曽谷を通う頻度がとみに増し、教育現場とのつながりも驚くほど密接さを加えた。三十年代の学校にはたしかに古さがあったが、悠とした静かな迫力をひめていて今も心に残る。私が名大から東京教育大に転じたため所長は十年足らずで終わったが、四十年代五十年代は指導する学校の数も年五十を越え、月に十日以上も信州にいた。東京などには私の出身を信州と思いこんだ人も相当いたらしい。昔のことだがまさに全県至らざるなしの感。しかもその間私は教師たちだけでなく風土そのものにもなじみ、数えればついに六十年をはるかに越えた。もう愛着を断てといわれてもどうしようもない。

このようであるから私の教育者としての生涯は、すべて信州と共にあったといっても過言ではない。それはまた信州の教師たちが私を見こんでくれたということでもあったろう。戦後信州の教師は熱意と気概に富む人が多かったが、その一面概念好きという固い面も少なからずあった。私はかれらと苦楽を共にし悩み合ったから、その弱点と思われることはきびしく責めて容赦しなかった。(『信州教育論』昭51 明治図書刊を見られたい)その結果私の激しい言葉の底に信州への切なる愛を読み取り得た人は深く支持してくれたが、そうならぬ多くの教師たちは長く私の敵となった。それは悲しいことだったが、私からすればいわゆる中央の講師たちのように、あたりさわりなくほめそやして信州の厚遇を楽しむというような無責任はどうしても自分に許せなかったのである。信州教育に対するこのような心と姿勢は今日まで微塵も変わっていなかったのだが、事実信州には私の貴重な同志というべき人が実に多くいた。今もいる。しかもかれらとはそのほとんどが長く変わらぬつき合いなのだ。こういう県が日本中他のどこにあろう。思えば私は若年のころから信州に切っても切れぬ何かを感じてきた。そのためか私は長い長い間信州の教師の成長に力を入れてきたと思うが、そのことは実は私自身の教師としての、人間としての成長にも明らかに役立ったということができるのである。

信州の人もよく知らぬことだと思うが、信濃教育会のごとき私立の機関が教育研究所をもって長く権威ある独自の活動を続けさせているのは日本唯一のことなのである。とくに重大であるのは研究所は伝統として県や教育会の都合に合わせた研究を一切やらぬということである。私は初代長坂端午所長のあとを受けたのだが、少なくとも当時はこの点に徹していた。私はそれ故に抱負をもって所長を受けたのだが、考えてみればそのころの信教中枢はその点立派だったと思う。世は移り変わって簡単に是非は言えぬが、私にはかれらにいささか敬意と親愛の思いが残る。

私は終始文部省と対決し日教組とも同調せぬ立場をつらぬいたが、信州の教師たちはよくそれについてきてくれた。子ども一人ひとりを大切にしてカルテや座席表を生かす安東小学校（静岡市）の個性的な研究実践も、従来の信州教育の流れとは相当異質だったのに抵抗をもたず、むしろその線でのすばらしい学校を続々生んだ。これまで半世紀を迎えて私の率いた「社会科の初志をつらぬく会」でも、信州は全国有数の力強い拠点である。昔を思い今を思い教育の世界も実に茫々の感にたえないが、今にしてはやはり私は信州に来てほんとうに幸せだったと思う。

平成六年再度の所長をやめたとき私とかかわった多くの人が温かく送ってくれた。その会での私の返歌を記す。

心足りてこの五十年《いそとせ》を生ききしや群巒《ぐんらん》の朱《あけ》信濃に燃ゆる
信濃路を往きゆく愛《かな》しをりをりの燃焼のこともやがて過ぎつつ
この国に生《あ》れし人らと睦みきて老い深き日をも幸《さきは》ひとする

それから二〇年近く私と信州の縁は続いたが、九十二歳の今さすがにあとわずかで終焉を迎えるようである。一昨年詠んだ句を最後に記す。

信濃路行《こう》千あまた越えてこの夏やむ

（信濃教育二〇一二・五）

なぜ私は教育に思いを向けたか

高校生の終わりごろアメリカとの戦争が始まった。そのことが運に幸いして私は一度諦めかけていた哲学を志すことができた。しかしせっかく入った京大哲学科には実質一年半という短さで、学徒出陣の運命に遇った。あわただしい戦時の大学生活、それはそれなりに緊迫充実していたのだが、あくまでも自分なりにということだった。もう終末に近い戦局だったが、やがて私が派遣されたのは中国の戦線だった。もちろんときに死地もあったのだが、ついに敗戦捕虜の身となる。この間大げさに言うほどのことはなかったけれど、それでも若く世間知らずの私には戦場で得たものが実に大きかった。そこには弾雨の戦闘とともになまの人間がいて、きれいごとは通じようもなかった。極限というべき場での裸の人間たちの姿から学びえたことは、あとで考えれば考えるほど貴重だったと思う。罪なき人を容赦なく殺し合わせる国なるものの悪と、権力を握る者は必ず内容空虚だという事実とを心身にしみこませて、私は故国に帰ってきた。焼け野原の東京には住む家とてなく、職なき私が病父と幼弟を養わねばならなかった。しかも敗戦直後軍が勝手に将校に昇任させたため、私は教職パージだった。苦しかった半年後、憐れんだ恩師がようやく見つけてくれて文部省の隅っこにもぐりこんだのだが、安月給でも自分の勉強をする暇は十分あるという話だった。

しかしどういう運命かその職場はむやみに忙しく、思いもかけぬしごとまで待っていた。入省直後社会科の新設がきまり、私はそこで小学校の学習指導要領を作るメンバーに組みこまれたのである。思わず夢中で数年を過したのはそれが思いのほかやりがいあるしごとだったためだが、大きかったのは教育現場とつねにじかに接しているということだった。私は生来そういうしごとは苦手と考えていたが、立場上嫌でものめりこまずにいられなかったということである。同僚の重松鷹泰さんの強い勧めもあって、私はやがて教育の世界に身を投ずることになる。といっても哲学は捨てない。教育のなかで自分の哲学をさぐろうという考えだった。ただし魅力を失ったアカデミズムの哲学界とは縁を切った。以来九十三歳の今日までどこまでも現場に密接した教育哲学を追い続けてやまなかったのだが、実は教育を志そうとしたことは全く一度もなかったのである。生きるために、そして自分を生かすために私は教育にのめりこんだ。正直いっていわゆる教育は好きでない。教師という職業も好ましいとは思わない。しかし人間というものは何としても愛したい。そのために不可欠な教育には徹底して打ちこみたい。それはわがままなことなのか。

文部省には満五年、ちょうど新制になった大学へ出て教師になる。名古屋大学・東京教育大学・立教大学で教鞭をとった。最後には小さい変わった公立だが都留文科大学学長も務めた。信州には戦後間もなくから通い続け、信濃教育会教育研究所の兼任所長も長くやった。小・中の教育現場にひたりきりだったのに教育学者という自覚はあまりないからおかしいが、学会なども万事好きなふうに歩いてきたと思う。確かめようすべもないが、自分としてはやはり若年のとき戦場で得たものがそのまま伸びてきたのだと思っている。その間当然起伏にも悩んだが、今考えてみるとすべて一貫した感のあるよき思い出である。

私は幼いころ心身共に弱かったのだが、たまたま父の転任で甲子園球場のすぐそばの小学校に移ってから急速に変貌した。三年生くらいから野球に夢中になり異常なほどしげしげと単身球場に通う一方、近所の年上の子どもたちと毎日のように草野球を楽しみ、技の方も結構上達したようである。とにかくこの野球のおかげで私は体力気力共に見違えるようになった。独立心自制心も強まったと思う。奇妙なことに親も教師もこの成長過程を全く知らない。でも私にとってはまことに貴重なことである。長い生涯この子ども時代のことと戦場体験が、大切な支えになってくれたと自分では考えている。私は中学ではサッカーも得意としたが、いくら小器用でも短躯超軽量では一人前の運動選手になりようはなかった。でもそこでひそかに得られた体力が戦地の生命を賭けた場で役立ったことはまちがいない。いやその後の人生でも、スポーツならそう人にはひけをとらぬという自信が、学者教育家というしごとにいくらか生気と明るさを与えたと言ってよいであろう。こういう自画自賛はまさに滑稽というべきだろうが、教師が人間を見てくれるときの視点としては、あるいは有用であるかもしれない。人間の内面は単純でなくておもしろい。

（二〇一三・九）

第二章　カルテにいのちあれば

安東滅びずと

I

安東小学校の研究会は、おそらくこの秋をもってその姿を消す。それを惜しむ声は全国に満ちようが、その終焉を責めることはだれにもできまい。よくも四十四年の間同じ志を保ち続けてきた。この半世紀に近い年月日本の社会は、そして人の心はどう動いてきたのであろう。研究の開始は新幹線の生まれた東京オリンピックのすぐあとだったが、昭和も平成もそれぞれ二十余年という長年月だったのである。当時は安東も二千を超える児童数だったのに、今はまことに少子化である。いや今日の安東も八百五十という数で決して小さい学校ではないが、学校風景はまさに一変した。にもかかわらず教師の指導ぶりはほとんど変わらない。子どもたちに至っては全く変わらない。民間の自立的研究会など稀少となった現日本で考えれば、それは奇跡に似たものではないか。この安東の教室を、子どもたちを見ずに終わるということは、取り返しのつかぬ悔いを残すだろうと、この私があえて言っても不当とは思わぬ人が少なからずいてくれると思う。

もちろん安東にも盛衰はいくらかあって、ことにこの十年以上静岡市の人事異動は一校三年という流れが定着しているから、経営の苦心は並大抵ではなかった。いうまでもないがそういう人事は、継続研究をする学校には致命的な打撃である。しかもその間日本の学校教育の低迷沈滞はだれの眼にも明らかなほどだったから、安東は同志校を次つぎ失って孤立した。そのような内外の不利にもかかわらず、安東はがんばりぬいてきた。私はその不屈の教師たちに敬意を表し深い感謝をささげずにいられない。かれらの大半は三年しか在職しないのに、あのように見事に子どもを指導し、あのように人に感銘を与える研究会をやりとげているのである。

とにかくだれもが言うように安東の子どもたちは依然健在だ。教師たちも気力を失ったりしていない。この秋の研究会もきっと立派にやれるであろう。それであるのにどうして研究会を終わらせてしまうのか。それは今日学校の教師である一人ひとりが、わが胸に問えばかならず納得するであろうと思う。安東はがんばってきた。孤立しても悪条件が重なっても、必死になってやってきた。しかし力には限界というものがある。四十四年の間ただ一人の指導者だった私が九十歳に達したということも無関係ではなかろう。私は講演はなおまだできると思うが、安東と一体になって戦う力はさすがに衰えてきた。しかもその私を継ぐ人はいない。学校もそれを考えようとしない。安東と私とはいのちの通った歴史を共につくってきた仲である。私はやっともっている。安東もまたやっともっている。それはなんとも言いようのないなにかなのだ。子どもたちは変わりなく強くすばらしい。かれらが私を支え、教師たちを育てたのだ。そこに奇跡の元がある。けれどそういう三位一体の得がたい創造の姿もいつかは尽きる。それが運命だ。にもかかわらず安東の教育にみにくい哀残があっては絶対にならぬと私は考えている。その哀残さえなければ、ひとたびは終焉しても、いつかはどこかでよみがえるにちがいない。教育の世界のどこかに遠からず新しい安東が生まれると信ずる。長い長い年月日本じゅうに、安東に心をときめかせる教師たちがいたのだ。その根は決して消えまい。決して消してはなるまい。

昭和四十三年三月私は長阪栄一校長の依頼で安東にいき、中心の教師たちと富士裾野に合宿した。そのとき突然校長は、秋に二日間の研究会を開き、全教師に教科を異にした五時間ずつの授業を公開させると宣言した。一同騒然としてそれは無理と口々に反論するが、長阪さんは始終黙してただ微笑。が、やがて新年度訪れた私が目にしたのは、驚くことに校長の意にそってなみなみならぬやる気を見せる教師たちの姿だった。その異様さに私もつい乗ったか、それまで秘めていた「カルテ・座席表」の発想を、当然のもののように大胆にぶつけてしまった。でも優秀とは言いかねる教師集団は、恐いもの知らずというかその試みを正面から受けて立とうとしてくれた。大校ゆえに難事を多くかかえ沈滞していた学校を一気に革新しようとした校長の勇断あふれた企図は、ここでようやく実を結びはじめた感があった。

事実秋に向って安東は大変身するのだが、それは一にこの豪胆にして緻密、驚異的実行力の持主が強烈に率いたためにほかならない。彼は部下に存分に反論させ批判させ、その上で多くを言わずに十分納得させた。当時運動場には校長くふうの遊具が満ち動植物も数多だったが、とくに校長室は動物満載で客の入る場さえなかった。いや校長自身常時校内のどこかにいて校長室には多く不在。彼はとくに日本酒を愛して深夜まで飲んだが、そこへは教師たちをよび出して隔意なく論じ合ったという。しかも遠地に住む校長は、翌朝は自転車を駆って一番乗り登校という始末。この異色にみちた校長とともに、私は教師たちに一人ひとりの子どもを見ることを求める。それは当時としては非常識ともいうべきことだったが、もっとも弱いと見られた子もちの中年女教師たちすらが、やる気を見せたから不思議だった。子どもを見ていると教室が変わるのだという。今まで子どもに嫌われていた教師が急に好かれるようになり、まるで世の中が変わったようだったという。かれらは初めて教育の楽しい味を知り有頂天になってしまった。夢のようなことだがもう授業を見てもらいたくてしかたがない。参観人があればとり合って決して逃がさない。いわば女教師たちの教育観というより人間観が一変したのだから、学校だけでなく家庭での夫やわが子に対する態度も違ってくる。おかしな話をするようだがこの子づれのオバチャン先生（私はそう呼んだ）の変貌にこそ、安東発展の発端というべきものの喜劇的典型があったといえよう。

もちろん一部の優秀な教師たちがよく研究をリードして流れを高めたことは言うまでもないが、かれら自身もみるみる成長したから、大きな図体の学校は戦艦のように力強く迫力をもった。しかしここで長阪校長が去る。あとは温厚着実な池田真校長が受けて二回目の研究会もつつがなく終わるのだが、実はこのときまじめな池田さんには研究継続への迷いがあった。それを踏み切らせたのは成功した研究会の実績のみでなく、そこへ参加した加藤九二代さん（愛知）たちの強い励ましの言葉だったことに間違いはないと思う。年は下でも長阪さんより先輩だったこの人が、世間離れした風変わりなこの学校に本腰を入れたのはそれからだった。初代長阪の創成はむろん偉大だったが、二代池田の守成にはそれに匹敵する得がたい貢献があったと思う。あせらぬ周到な心くばりが指導と経営に厚味を加えた。以来四十年の発展の基盤はこの時期にこそつちかわれたと私は思う。

このようにして安東は研究開始後わずか数年にして驚くべき躍進をとげた。子どもも立派になり教師も成長した。授業も子どもも今日までの安東を通じてトップともいうべきレベルにまで到達したのである。安東にはあまり目立つ教師はいなかったのに、この間の成長はきわめていちじるしく、かれらはやがて市教育界の有数な存在になっていく。女性たちも活力にあふれ、若い女教師にも次つぎ出色の授業が生まれる。なかには短大卒の子もいたのに信じがたいほどだった。一見平凡だった教師たちもひとたび自信とやる気を身につけると、このようにすばらしく変容する。私としても初めて見る教師集団の目ざましさだった。「カルテ・座席表・全体のけしき」はみるみる定着し、研究会参加者やふだんの見学者を通じてしだいに広まっていった。長阪校長の転出した城内小が早くから相似た活動を展開したが、最初主任として研究をリードした戸田久雄さんが数年後新設の千代田東小校長になると、俊英をそろえて安東に迫る勢いを見せるようになった。この両校の研究と発表はそれぞれ二十年を超えて継続し、安東を力づけた点貴重というべきである。

その安東も池田さん退職後異質の教頭がまぎれこんだために唯一といってよい危機を招いたが、若年の女性たちがわたしたちだけでも続けたいとけなげに奮起したため、一転継続の方向が固まった。安東が全国に名をはせたのはそれ以降であったろう。ほうぼうに後続の学校（宇ノ気《け》・川越南等々）が生まれた。目立って多かったのはやはり信州だが、それらはいずれも十年二十年の長期間の研究継続だった。いったいに学校の研究テーマはごく短くしか続かぬものだが、安東の「ひとりひとりの子を大切にする」という研究目標は、いくら続けても飽きがこなかった。いやますます深い展望がひらけるという特質をもっている。事実安東は四十数年一つことを追っているが、もうこれで満足できたなど思う教師は全くいないであろう。まさにそれ故に安東は続いたのである。

さいごにひとこと言っておきたい。安東というものに恵まれた私はほんとうに幸せだった。そこにあったまことに得がたいものは、校長と教師のすばらしさ、考えられぬほどの子どもたちの出色、そして遠くから見守った心ある同志たちの眼。しかしそれだけに私もまた、安東に関するかぎり徹底して自分が責任をもとうとした。そのため指導をだれにも委ねなかった。信頼しうる弟子たちにも一切手つだってもらわなかった。かれらは研究会ごとに参加して会に力強さを加えてくれたと思うが、安東の教師たちに直接かかわったのは私一人である。だから安東が失敗したり弱点をもったりすれば、すべての責任は私にある。私は二〇〇四年研究会直前に心筋梗塞で倒れ、そのときはやむなく川合春路氏に講演の代理をたのんだが、あとは四十四年すべて私の話だけである。そういうことはあまりよくないことかもしれぬし、安東にはベストでなかったとも言えようが、研究実践を長続きさせるには役立ったにちがいない。今その私が九十歳、まさに自縄自縛というべきか。前にも言ったが、私はまだ講演はできても、重い荷にたえてくれる学校を支える力はもう尽きていると思う。子どもたちはなお存分に主体性を発揮して生気に満ち、教師は次々と去来しながら苦心を重ねて流れを生かしている。私は今の世に稀な愛すべきこの学校に、苦しい最後を味わわせたくない。安東でもこうなるのかと人びとに思わせたくない。安東はその研究終結まであくまで毅然として美しく立派であってほしい。豊田現校長もやはりそう考えているのである。私はここで先に述べた言葉をそっくりそのままくり返したい。何度でもくり返したい。安東の研究会はひとたびはここで終わっても、やがて他日があるのだ。いや日本の教育はいつかかならず新しい安東を生むであろう。それが私の切なる願いだ。そこにはまさに永遠の安東がある。これまでの安東は決して死なない。滅びる日がない。

（二〇一〇・七）

Ⅱ

十二月三日安東の研究会は盛会に終わった。雨が案じられたのに快晴。体育館は六〇〇をはるかに越える人で埋まった。むろんいつもより多いが、最後とあって緊迫感にみちている。研究会のありようは四十四年前とほとんど変わらず、昔の再現だ。授業も子どもも初期のころのままだ。違っているのはそこにいる人びとの感慨のみか。奇跡といってもおかしくない歴史が今その幕を閉じていく。

五年生の社会科、漁業の学習。子どもたちの熱烈な話し合いは止むことがない。まだ二十代の女教師は黒板に寄りかかるようにして終始一言もない。ときどき板書するだけだ。彼女今にも倒れはせぬか。子どもたちはいよいよ激しいが、よく考えていて個性的だ。私の脇に立って授業を見学する教師の足は興奮で震え続けていた。このようにして授業は終わる。子どもたちは満足げにいかにもさわやかな顔だが、きょうは特別の授業だったのか。「いやあの人の授業はいつもあんなだよ」とだれかが言う。でもそんなことでよいのか。教師は怠慢無能ではないのか。市の指導主事があるときそのクラスの子に教師への感想をきいたという。「あの先生はほんとうにぼくたち一人ひとりのことをすごく知っていて、こわいほど確かな指導をしてくれる。楽しくて大好き」実はこの話はもう四十年も昔のことなのである。

北海道岩見沢に住む教育学の老教授（渡辺守夫氏）からしばしば長い手紙が届く。今は病んで旅もままならぬが、壮年のころは安東にも再々見えていた。安東の研究会では資料を入れる大きな紙袋に、四センチ四方の小さな画がはりつけてあるのを知る人は多かろう。これは子どもたちが一人ひとり描き名も入れているのである。教授はあるときその画が気に入って、学校にあててその子に手紙を書かれたという。しばらくしてその子から喜びの返事が届いた。そして遠く離れた二人の文通が始まった。それから十数年、ある日若い女性に成長した彼女から願いがくる。両親とともに北海道を旅することになったからどこかでぜひお会いしたいと。初めての出会いが感動的であったのは言うまでもない。この教授はいつも安東は私のなかにあると言われている。安東の子は研究会参加の人も平生の参観者もよその人と思っていない。はるばる来られて大変でしたね、どうかよく見てくださいと、人ごとならず思っているのである。ほめてほしいと見せているのではない。年齢は違ってもどこのだれか知らなくても、人間どうしという思いのこもった自然な意識である。そういう子を安東は育てた。その子たちによって安東は支えられてきた。

私が講演をしているとき天気が一転、瞬時の豪雨に見舞われ一声雷鳴がとどろいた。俳人として名ある元安東小校長曽根満さんがその夜一句をくださった。「冬雷の一撃安東滅びずと」やがて私は無数といってもよいほどの安東講演をついに終えるのだが、その場には前記した女教師の姿があった。いや四十四年前最初の研究会で授業した人の顔も相当数あった。そして参加者のなかには数えきれぬほどの回数来てくれた人たちが大勢いたのである。こういう情景は他のどこの研究会にありえよう。安東の研究会はひとまず終わるけれど、深くかかわってくれた人は多数いてくれるのである。そこから開かれてくる未来のために私は祈りたい。その夜学校は私に感謝する会を開いてくれて、在職の教師たちのほかにかかわりの深い男女旧職員六十名もが集まってくれた。私の望んだ人たちのほとんどが来てくれたことがうれしい。わたくし自身だれにもかれにも感謝したいと思っている。全国にいて安東を支え続けてくれた人たちにも、とりわけ後衛を自認してひそかに、しかししたたかに安東を守りぬいてくれた人たちにも深い感謝の念をつたえたい。そこにあったのは人間尋常のことではないと思う。（二〇一一・三）

カルテの論

Ⅰ

私が安東小学校でカルテを使うようになってから、もう四十年をはるかに越えた。どこへ行ってもというわけにはいかないが、今は心ある教師が多くそれを知り、実際にまで生かしている場合も少なくない。カルテを考えついたときはもちろん、現場で使われはじめたころにも私の夢にも思わぬことだった。安東が異常なほどに速やかに成熟したから、カルテは急に有名度を高くしたということであろう。もともと医療からとった言葉だから、人の耳になじみやすいという利点はあった。もちろん一見面倒にみえるから抵抗も大きくあるが、原理さえまちがえなければ拙でも拙なりに効はあるし、しぜんに上達してくるものである。とにかく成功のポイントは少ししかない。あせったり勉めすぎたりせず、間をおいて事をゆっくり進めればよいのである。のろくゆったりが肝要だ。馴れれば当たりまえになる。

カルテの原理は教師が人間として子どもへの個性的所見をつなぎつなぎ考えていくことにつ

きる。それも手がかりが三つ出ればそれらをつなぎ合わせるというのを原則にして、次つぎと発見を統一していけばよいのである。二つだけを結びつけるのでは弱い。私は二十年代末から十数年名古屋大学の研究室でR．R．方式（相対主義的関係追究方式）についての共同研究を推進したが、カルテはそこで得た成果、三角形を基底にする動的バランスから生まれたものである。たまたま安東で発展した実践研究は、私にとって理論と実践の結合を意味した。そう考えるとカルテとその流れは、三十歳ころから今日まで私の考えをつらぬいているということができよう。カルテはただの思いつきではない。

創造的研究というのは、淡々としているものから驚きが出てくるということだと思う。ものほしげにしていては真の驚きは出にくい。カルテで驚いたときだけ記せというのはその故である。驚きは予想の破綻であるから今もっている体系が前提になる。それが新しい体系に生まれ変わるのである。体系を事と事の連続と考えれば、発見によって古い連続がこわれ、新しい連続が生まれるということである。単発的に孤立させて事をとらえるところにはカルテはない。それでは動的連続と無縁である。事と事とをどれほどソシテでつないでも、ことは明らかにならない。シカシで結びつけてこそ把握は深まるのである。真に意味ある発見は、ソシテではなくシカシによって生まれる。驚きもシカシの場合にのみ発展が期待できるのである。ソシテでは次つぎと矢つぎ早に事をかぶせ加えることができるが、シカシだとひと息入れねばならぬ。

どうしても間を入れなくてはならぬ。

カルテという言葉は随分と使われているのに、ここに述べたような基本のことはどれほど理解されているのであろうか。理くつはわかっていなくても子どもを追い深めることが相当にできれば、現状ではまあ満足してよいのであろう。しかしほんとうはそれでは困る。原理もまた具体的につきつめられていなければ。もっともそれを多くの人にさせるのは、もう私の力の限界だったかもしれないのだが、とにかくカルテの研究は今もすこぶる不十分なのである。教師が個人として反省研究することはあったであろうが、集団として、いや何人かでおこなうカルテ研究は全く貧困だった。むろん私は心中強くそれを望んでいたのだが実現しなかった。それは多分面倒に思えたためだったたであろう。しかし優れた教師が一人の子を相当深く追究しえたという事実は明確にあるのである。問題は実は教師の能力不足や怠慢にのみあったのではなかった。ここはまさに重要なところだ。

まず一つにはカルテの原則が教師独自の個性的発見と探究のみによるということなのだが、実はもう一つカルテの秘的性格ということが大きかった。教師はわが教え子に対し全責任をもって向かっていく。その結果得られたただれも知らぬなまの内容を、どういうしくみでだれにどうわからせることができるのか。もちろん信頼し合ったごくわずかな人間に対してなら、安全な手だてが見つかるかもしれない。でもそれはやはりきわめてむずかしいことで、できれば協力研究者にもその子をじかに見てもらいたいものである。いや直接かかわってもらえればなおいい。しかし一方事はあくまで内密を要する。となれば教師と協力者とは信頼し合うだけでなく、十分理解し合ってもいなければならぬ。ことはいよいよ困難をきわめよう。それだけにもし望ましいこの態勢が現実に可能になれば、成果はすばらしく大きなものになるはずである。

私の命数はすでに尽きていて、今からどうこうことを起こすということもできない。ただ慨嘆するのみということだが、将来もしこのようなカルテ研究がさかんになり得ればどんなに貴重なことか。たしかにことは至難だが、不可能ということではない。ただその方法を普及させることは、性格上無理だと思う。そこには人間一般というものの限界があるといわねばなるまい。真の教師は存在として実に貴重だ。

（二〇一二・五）

Ⅱ

カルテは教師（T）が子ども（P）に対したときの驚きを、次つぎつないでいくことから成っている。その驚きにはTの人間観世界観価値観その子への見かたなど、一切のものが凝縮して含まれているというのがカルテの立場であるが、そのときその凝縮が三角形のかたちでとことん追究されるというところが、かんじんのポイントなのである。解説の便のために驚きのそれぞれから生まれる発見を、発見ⅠⅡⅢとよんでおこう。そのそれぞれにはTの考えだけでなくPそのものの変容まで鮮明に含み描かれているのだが、そのⅠⅡⅢを今言ったように三角に結んで考察してはじめて、カルテはその力を発揮するのである。ⅠⅡⅢそれぞれだけでは十分見えなかったPが、ここでこつ然と真の姿を現わしてくるということである。あらためて言えば、そのときそこにあるTもPも共に全く新しいものになっている。今それを便宜上αとよべば、そのαはさらに発見ⅣⅤを生む力になるにちがいない。その際各発見をどう三角に結ぶか、それとも四点相互に結合させるか、そのあたりはすべてPの考えによるのである。

このようにしてTのPへの把握はしだいに深まっていくのだが、そのことは同時にTもまた変化発展をとげるということを意味しているのである。TのPへの発見はまさに人間の人間への発見そのものであるから、TとPそれぞれの前進後退はすべてそこに関連づけられており、Tにそれと離れたPへの成長把握を別の視点から、いわば抽象的に望んでも無理ということである。

以上、表現が抽象的で理解がむずかしかったかと思う。カルテの奥行ある活用は、ポイントさえとらえてしまえばそう困難なことではない。馴れない人の理解のために、いつも言っていることにさらに重ねるが、具体的な注意事項として（〇印）なお若干挙げておきたい。カルテをただ子どもを詳しく追うことだと考えているのでは、やはり教師は成長しにくいのである。

子どもを見ようとする点はよいが、真実が見えなければどうしようもない。
○発見は教師の驚きが深いときほど有効になる。
○したがって発見の数を欲ばると効は薄れる。
○よき発見はただ努力するだけでは生まれない。発見の間をあけることを心がけるべきだ。そうでないと浅いものに終わる。
◎「理由」浅い発見をいくら並べてもカルテにはならない。発見相互のかかわりを鋭く深く考察するほど、発見の数は少なくなり充実するであろう。その結果、カルテが延々とした平面的な感じではなく、立体的な性格をもつことになる。カルテの立体性を強調すると難解の感を与えかねないからひかえているが、真実はまさにそうなのである。その三角形の追究がRR方式（子どもの思考体制の追究）にもとづいている以上、当然の成り行きだといってよい。理論を問題とするかぎり、この点はどうにもゆずれない。並列平面は反カルテだ。

（二〇〇九・九）

バランスと間

私が三十代の後半に到達したのは実在が動的調和だという思想だった。言いかえれば動的バランスである。世間ではよくバランスの好しあしを言うが、もともと事柄はすべてバランスで成り立っているのである。むろん鈍重でかたくななバランスもあるが、そういうのは機能が悪いしやがてこわれてしまう。いきいきしてつねに自分を新しくしていけるバランスこそことの優れた姿であり、それによって力ある創造が生まれるのである。とにかく自分に対しても人に対しても、そこに働いているのはバランスだという認識がなければ、粗末な荒いかかわりかたに堕してしまう。人だけでなく事にも物にもバランスが生きているのだから、それを重視せねば成熟したかかわりは成り立たない。そういうことでバランスは、多くの人が考えているよりはるかに深く根源的だ。

人間形成が避けがたくバランスとかかわることは以上でもう明らかだと思う。教育される子どもも教育をする教師も、それぞれにバランスをもち、それを活用している。バランスは調和ともいえるのだから、それなりに異質のもの相互をつなぐ働きをするが、そのありかたがどの人間でも一様だと考えるのはどうしても無理だから、しぜん個性的にならずにいない。ということはそこにある調和もバランスも個性的だということである。さらに言えば教育では子どもも教師もそれぞれ本来個性的だということである。カルテはまさにそのバランスにくい入ろうとするもので、もし相手がのっぺらぼうの偏平体ではどうとりつきようもないであろう。生きた人間はみな独特の幅と奥行をもっている。そのことを軽視し無関心でいる教育の割りきったありようを世間があたかも当然のことのように見ているのは、まことに奇異というほかはない。

バランスにもやはりおのずから幅と奥行がある。間《ま》というものが時間的にも空間的にも生きてくるのはそのためである。少し時間をおいてからやる、少し空間をあけて対応する。それはともにだれでもが当然のようにしていることなのだが、残念なことにその自覚が乏しいから微妙的確にその行為を位置づけ生かすことができない。それは視野が貧しく洞察が弱いということであろうが、まさにバランスが生かせぬということなのである。ところで間の重要性をあらためて言うのはくどいようだが、正確にいえばそれは時間にも空間にも空白を生かすことである。語りでも演技でもデリケートな空白の時がすばらしい効果をあげるが、南画でも描かれざる真白な空間が描かれたものを逆にみごとに生かしているのである。西洋の絵画にそれが見られぬのは不思議だが、そこは深浅というより認識のプロセスの違いというものであろうか。バランスは即東洋的ということではないのに、間とか空白とかの重視には若干その傾きがあるように思える。空白こそ実在だと言ってしまえばいよいよその感が強い。バランスとかハーモニーとかはあくまで動的で、これだときめつけてとらえられぬところが特質である。事も物も生きて働くときは必ずずれをともなう。いやずれとずれのあいだに事や物があるのだということは、実は空白というものと切っても切れぬバランスやハーモニーの根底の姿なのである。バランスも間もこのへんをよく把握せねば形式化してしまおう。

バランス、調和、ずれ、間、空白などという語は普通の日本語であるのに、集中的に出てくるといささか異相を呈しよう。実はそこに私の思想の特質があるのである。ふつうそれらは人が本体と考えるものの周辺や近傍にあって微妙な働きをする要素と見なされるのだが、どうやら私の場合中心にあるべき本体が姿をあいまいにしていて、ここに挙げた異色の表現にかかわってだけ本体が明らかになるということなのである。すなわち不動の静止した本体は否定されるということである（仮構の一）。それではいかにも不安定で心許ないようだが、確固不抜の安定などというものは静の極致で、生きた動きを抹殺するだけである。たえず成長変化することを無視して人間をとらえてみても、そこには自己満足する割りきりきめつけがあるだけで、生きたものとは無縁になってしまおう。それでは評価も指導も全くの空振りだ。私はそういう空転を阻止するためにあまり人の使わぬ言葉を重用しただけのことだ。バランスでもよい、間でもよい。それを徹底して教育の場で注目し生かしてみれば、まるで違った世界が見えてくるはずだ。ほんとうに生きた人間を評価したければ、個性的なバランスを追究してみればよい。間を生かしてかかわってみればよい。見違えるようにみずみずしく新鮮な結果が出てくるにちがいない。

（二〇一三・一）

少し困難に思える道を

立教大学にいたころ学科の卒業生を送るあいさつで、道の選びかたという話をしたことがある。それを三十年以上覚えていてくれた人たちがいて、私もつい思い出して、このごろまた話題にするようになった。当時も反応がまずよかったためか、何回かその話をしたことがある。卒業証書をかかえた学生たちへ記念になる話をというわけなのだが、ごく短い時間だからなかなかむずかしい。いくつかの大学で長くつとめていても、そうした機会にいつも同じ話をというわけにはいかぬから、自分ではたいてい忘れてしまっている。そういうときの情景はときどきよみがえってくることもあるのだが、とにかくきいた人がいつまでも覚えてくれているというのはうれしい。

おたがいわれわれの人生では、進路に迷うということがときにあるものである。どの道を選んだらよいものか。ことに職業選択ということになれば人生の大事である。それほど大ごとでなくても、節目節目でいくつかある道のどれにするか。やはりそのことが自分の今後の生きかたをきめてしまうことにもなりかねない。いや社会生活のなかで選択決定せねばならぬことも、相当に多いのである。もちろん一番値打ちのある道、あるいはぜひやりたい道を選ぶのが正しいにちがいない。それを第一の道とよべば、あとで悔いがないようにしっかり心をきめて、それに全力でぶつかる。体当たりでやる。それで文句の言われようはないはずだ。だれもがその志を壮としてくれるに相違ない。しかし一方現実的に考えてみれば、自分の力からいってそれは多くの場合冒険にすぎるのではないか。致命的な失敗に終わればいったいどうする。むしろ安全第一、苦労も少ない方にしておいたほうが具合よいのではないか。なにかとゆとりがあれば、人生また楽しみようもあろう。この安易ともいうべき第二の道、少々見栄えはわるくても実利はむしろここにこそあると言えそうだ。たいていの人は何とかかとか言っても、ほとんどここに落ちつく。

けれどもここで私がみんなに勧めたいのは、優等生的な第一の型ではなく、ごく平凡で無難そうな第二の型でもなく、いわば第三の割りきれぬところをもつ感じの型である。すなわち道としては少し困難に思える道である。これは少なからず厄介だな、面倒がありそうだなと思いつつ、やはりやってみたいような道である。困難が多いなら第一、困難がなさそうなら第二、ちょっとむずかしい、少々やりにくそうなというのがこの第三の型である。それは実際に取り組んでみれば、ひどく抵抗のある苦しいものかもしれない。でもまた案外におもしろく展開するかもしれない。そのへんが実は得がたいことなのだ。そういう未知があることが重要だ。いや初めに少しむずかしいと見たことが、すでにそのものをよく見ていた、考えていたということなのである。見た内容は不正確だったかもしれないけれど、大切な発展への糸口になった。もうそれで足はしっかり踏みこまれているのである。

それに対して至難な第一と安易な第二を選んだ者はどうか。かれらはそれぞれかんじんの相手をしっかり見ていなかったのではないか。簡単に割りつけて勇み立ったり軽く見くだしたりしていたのではなかったか。それでは実質的には空振りで門前払いをくうかもしれない。その結果失敗して消沈、意欲喪失したり、当てがはずれたあげく、まあこんなもんだろうと諦めてしまったりということになるのではないか。私はやはりどうしても第三の道がよいと思う。少しと思ったのが実は大変になっても、もう踏みこんで人ごとではなくなっているから逃げようとは思わない。とにかく人は岐路ではどうしても迷うから、こういう視点をもつことはすこぶる有用だと思う。第一も第二も一見はっきりしているように見えて、その実対象を抽象的にしかとらえていないのである。見かけや聞きかじりに振り回されているのである。私が学生たちに語ったのはそういうことだった。卒業という時点だったから、いくらか真剣にきいてくれたのであろう。

しかしほんとうはこれだけでことが終わるのではない。ふだん私の講義をきいてくれていた人たちは、もう少し深い意味を理解していてくれたのではないかと思う。それはわたくしの言う〝少し〟についてである。私の考えかたでは〝少し〟とか〝ちょっと〟というのは、きわめて重要な概念である。わずかに思えることのなかにこそ、深い真実があると考えているからである。いっぱいあるというのは大層のようだが、見かたが浅いからそうなるので、よく見ればいろいろと少数が存在しているというのが真実である。そして事をつめる場合、すなわち実践が成り立つ場合、そこにはある少数が鋭く働くのである。実践の底にはいつも問題があるが、それは少数のもののつきつめ合いによって生まれる。だから一見少しに見えても、それが全体をきびしく動かしているということである。〝少し〟とか〝ちょっと〟とかには、ほんとうは実に大きく深い意味と力がある。これはさらにつきつめれば〝ずれ〟のことになるが、それは今はおくとしてもとにかく少し困難と思えることには、その奥に大変なことが多くて驚くばかりなのだ。そこは苦しくてもまことにやりがいのある魅力的な事態だから貴重だ。第三の道を選んだ人は、こういう世界に自分を入れることができる。そうなると大通りではなくちょっと横丁に入ったところあたりに鍵があることが見えてくる。人間というものは、したがって教育というのも、そのへんのことが理解できないようでは全くだめだと思う。カルテはいつも横丁で生きているのだ。その世界に入りこめる道を選ぶことこそが、人間に真の幸せを与えてくれる。

やや困難な第三の道をゆくことは、人間としての信頼を招きよせるだけでなく、その人の人生を深くした上に、社会への貢献をも奥行のあるものにしてくれる。それはその人の根底にある人間理解が得がたいものになったためなのだが、人間性そのものもしだいに強靭に柔軟になっていくということである。第一と第二の道ではつねにことがらの割りきりが先行する。きめつけが当然のようで、粘りももちこたえも乏しい。それではほんとうに生きているものは消えずにいないということである。第三の道をいけばはなばなしい成功はないかもしれないけれど、そうした成功が実はうわべの偽りのものだということは、はっきり見えてくるのである。歩んだ道の適否などそう簡単に評価できるものではないのだが、そこにいる人間がどういう生きかたをしているかは、思いのほかはっきり見えるものである。どんな人と親しくなったか、どういう仲間ができたかということも、人間が選び進んだ道についてのおもしろい視点であるかもしれぬ。

（二〇一〇・一）

近き未来への提言

「育成すべき資質・能力を踏まえた教育目標・内容と評価の在り方に関する検討会」たいへん長い名称だが、文部省のその委員会の座長に私の畏友安彦忠彦さんがなったために私へ意見聴取の依頼があった。次の学習指導要領について研究するのが任務だという。信頼すべき人からの話だし断わる理由がない。二月四日安彦座長と事務官二名が来宅して私の話を録音一時間半あまり。以下その内容を記す。

〔視点1〕個性的な人間として一人ひとりの子を（教師も親も子ども相互も）○親も教師も子どもを人間として見ているか。自分たちのいがたにはめ、一人ひとりの人間性、個性を生かす考えがないのではないか。もっと子どもを独立した人間として見てほしい。子ども相互もそうすべきだ。○相手を人間として全体的にとらええないからいじめが生ずる。体罰も相手を人間として認識することの乏しさですぐやってしまう。○入学前から子どもが互いの個性を認識し合えるよう指導すべきだ。かくてこそいじめ克服がある。○カリキュラムや目標も三〇人いれば三〇通りというのが理想だ。

〔視点2〕速効を求めれば後日裏切られる（ゆっくりと試行錯誤しつつ進むことが肝要）○速いことはよいことと思われがちだが、無理を見落とすため、長い目で見ると大きなマイナスが出る。急ぐと試行錯誤しながら取り組むことができぬ故、物事を一面的に見て視野も狭小になる。○真に効果ある動きは速くてはできぬ。簡単にわからぬ方が本当に発展する。このことはカリキュラムを考える上できわめて重要だ。

〔視点3〕世界の未来をきびしくとらえる（環境問題と核拡散により人類の絶滅迫る）○東日本大震災によるごとき危機感は今後も絶対に維持されるべきだ。人類は核兵器を作ったが、究極的に人類のコントロール不能というべく原発の問題また同様だ。○しかも環境問題の激化はそれ以上に深刻さを加え、例えば年平均気温が三度以上上昇すれば人間の生活も大きく崩れて防ぎようがない。むろん超大規模の災害も連続し国家存立も危うく世界大混乱人類破滅も近づこう。現在の国家宗教民族、己の身を挺して協力する姿勢はたしてありや否や。○かかるきびしさを踏まえた教育目標の根本改革緊急に絶対肝要。学習指導要領どう対応するか。避難訓練一つ考えてもこれまでとは天地の差のイメージをもってせねばならぬ。

〔ポイントA〕想定外と正対しうる子を（いわゆる優等生は想定内の典型。正解のつめ込み、既成秩序保持のためのしつけ不可）○視点3と関連、何が起ころうと教師子ども共に動じない姿勢不可欠。そのため目標をどうするか。評価も一定の解答への合致度その点数化のごとき〝想定内〟の自己満足は一掃すべきだ。人間像をどう深く考えるかが勝負。

〔ポイントB〕抽象的基準での競争を克服（勝利至上の立場不可。目前の成功は通過点に過ぎず）○競争にただ勝てばすばらしいのではない。一番強い者一番努力した者が優勝すると限らぬ。運もあり負けても見事な場合がある。視点の多様性が大切。勝ちにこだわらせれば教育は深まらない。社会も人間も単純化し強靭さを失う。点数評価は無意味軽薄。

〔ポイントC〕失敗への評価（失敗をこそ評価せよ）○失敗の中にこそ価値がある。問題点を発見したえず前進できる。教師は子どもの失敗を大事にし叱るよりむしろ評価せよ。○完全は目ざされた仮りのもので、不完全こそが生きた姿であり基本なのだ。失敗があってこそ発見も改革もできる。それに比して総点や平均点での把握はそれ自体発展性を欠く。

〔流れア〕「流れ」は「視点」「ポイント」にともなって生まれる。結果だけでなく過程をより重視（プロセスこそ重要）○結果をはさむ形で過程から過程に続くのが真実で失敗等が大切。その一人ひとりの違いを見よ。点数で一括して片づければ空振。子どももまた形式的な対応のみ。

〔流れイ〕バランス・ずれ・間《ま》への着目（人間も教育もゆとりをその真髄としていることの証左）○事のまわりにそれらがあるのではなく、それらの中に事が生きている。○動的なバランスを見ずにその子はとらえられない。平面的に点数化できぬ生きたバランスを目標にどう位置づけるか。それはむずかしいが肝心のことだ。○間も貴重な働きをしている。間の生きていない話は実につまらないが、内容の鋭さ深さにはゆとりが不可欠ということだ。ずれもゆとりあってこそ生きる。四角四面に教え教えられでは創造性が生じようもない。○ゆとりは考えが浅かったため不評だが、ゆとりなくしては人間に立体性が失われ迫力が欠ける。まさしく重要事だ。

〔流れウ〕形にとらわれず大胆に捨てよ（問題解決学習的に）○カリキュラムは重点的、動的であれ、形が整うよりもポイントを押さえるのが大事。子どもごとに重点が違うことを教師が洞察せねばならぬ。学習指導要領の記述をそのままどの子にもかぶせ評価するのでは、人間としての子どもに触れえない。○捨てたものが逆に生きるようなカリキュラムを考えよ。落ちをなくそうとあせれば全体がぼやけ重点が消える。それが立体というものだ。人間の生きた現実では捨てられたものが得がたい働きをしている。○私は新教育の初め二度学習指導要領作成にたずさわったが、当時のそれは試案と銘打ちいずれも指導の手がかりで、教師はそれらをヒントに子どもごとの成果を目ざした。五十五年体制以降この流れは絶たれ、教育は上からの押しつけに堕して主体的な人間の育成は衰えた。この点を改めねば教育の未来はまさに暗い。

〔提言への質疑に対して〕○ペーパーテスト実施はやむをえぬとしても、正解を一定のものとして点数評価するのではごく浅いこととしかとらえられぬ。ことに各教科の点数を総計したり平均したりすることには全くと言ってよいほど意味がない。入試などでそれを利用するのは合理性を欠いたたんなる便法である。それに対し各教科の評価を個々の子ごとに関係づけ、つないで解釈することはすこぶる有益だ。教科担任制の中学でいえば、自分の教え子の他教科での学習ぶりを見るのは貴重な究明となる。その子への理解が深まるだけでなく、わが指導も省みられる。昔いくつかの中学で、ある学級の子を担当した教師たちの自由討議を週一時間実施したことがあるが、その成果は予想外にすばらしいものであった。カリキュラム全体もその内容を教科相互に関係づけ、個々の子に合うようにくふうすれば生きた人間にそれぞれ即しえて、未来を楽しめるよき手がかりを得よう。現行のやりかたで公平に教育内容を与えたと自負したりするのは、夢みる類の錯誤である。いやあえて言えばやっつけしごとにとどまる。〇税金を用いて教育を行う以上その成果について数量化による説明が必要だという考えは、目先だけの政治観行政観にわざわいされている。教育や研究においては十年間目立つ結果が出てこなくても、そのあとが楽しめるということがきわめて多い。学校時代優等生でも社会へ出て低迷するような育ちはそれこそ税金のむだ使いだ。単純な数量化の結果で非難されても、それは教師と子どもの怠慢が生む失敗のせいではない。〇過程を重視せよというとき見るべきは子どものつまずき、迷いである。過程は問題解決の途中であり試行錯誤に満ちているから、悩みこそがその本番だ。教師がそれに寄りそって見てやると、子どもは生気をみなぎらせて事にぶつかる。教師の意見も求める。ここに指導の最適の場があるのだ。

（二〇一三・七）

第三章　その人への思いなお尽きず

たまたまのこと つなぎいるは母か

私は間もなく九十という年を迎える。よくも長くもったものだと思わざるをえない。高齢化社会だからこのくらいの年の人は大勢いる。でもそれで簡単に納得してしまっていいのだろうか。長く生きるということにもいろいろありようがあって、私のように老残を訴えながらもまだ事に追われ悩んでいるというのは、まだいい方だろうか。それにしてもたしかに楽ではない。しかしほんとうに楽になってしまうということはあるのだろうか。考えてみれば昔はそういうことを思う必要がなかった。事のために夢中で生きていたのかもしれないけれど、なにか支えがあったのであろう。〝もっとこうしたい〟〝負けるものか〟などとも思っていたのであろうが、やはりいくらかの自信、自負といってもよいものがひそんでいたと思う。何がそれをつくり出してくれたか。考えてみるとそれらしきものは一つだけある。こんなことは人に言うべきものではないと思いながら、それでもそのことをちょっと書いてみたい自分がいる。

高校に入って短歌をはじめ、翌年まだ二十首も作らぬときの歌を、母の短歌の師、まだ若き佐藤佐太郎さんにひどくほめられた。母は私の知らぬ間に、何首かの歌を佐藤さんに見せていたのである。「おのづから虐ぐるごと冬雲は夕明かりより街にたれたり」同じく歌人だった佐藤夫人が横から異議をとなえられるのを、「君にはまだこのレベルの歌はわからん」と佐藤さんは押さえられたという。喜んだ母はそのことを私に伝えてくれたのだが、私はそのとき佐藤さんの令名をよく知りながら、それをそれほどのこととは思わなかった。戦争が終わり帰国復員して間もなく、私は母の死を告げるために一度だけ佐藤さんを訪ねたのだが、「ちょうど歌会をやっているからあがりませんか」と玄関で熱心に誘われたのに決断できず、その人の歌も好きだったこの著名歌人の弟子になりそこねてしまった。そのすぐあとやっと就職した文部省はやたらに忙しく、一年もたたぬうち私は作歌をやめてしまうのだが、短歌への関心は消えぬまま時は久しく流れていった。その間佐藤さんはとみに名声を加え、やがて日本屈指の歌人になっていく。会えば会えたであろうに私は依然それをせず、しかもその躍進ぶりは人ごとならずうれしかった。そういうときごく自然に私は若年でえたあの賞賛のことを思い出し、喜びとともにいかほどか心強さも覚えていた。「おれも捨てたものではないぞ」と心のどこかがつぶやいている。
私の過去には苦しくて心臆するときもたびたびあったと思うのだが、それを乗り越えるときこの若き日の記憶は思いのほか強い働きをしたような気がする。むろん佐藤さんはご存じない。いやだれも知らないのだが、それだけにそのことは私には貴重だった。もし佐藤さんがそれほど偉くならなければ、あるいは忘れてしまったことかもしれない。それだのに歌才や文才についてだけでなく、もっと幅広いものに対して自信がもてたようなのは、勝手というかうぬぼれというか。でも人間というものにはどうやらそういうところがあるのである。とにかく佐藤佐太郎という人はたまたまではあるが、そういう貴重なものを私に与えてくれた。人をほめることは大事だというが、だれにも多少ともこういう経験はあるというものか。もし短歌を作らず佐太郎さんにほめられもせぬ人生があれば、やはりさびしかったであろう。たった一首の短歌が、いつも私のかたわらにいる。

一九四一年私はそれまで強く抱いていた哲学への志望を、家庭の事情その他からやむなく断念しようとしていた。それが奇跡のように突然ひるがえったのは、ほかならぬ対米戦争勃発のためだった。父はほぼ確実にいのちを失う息子のために、やはりしたいことはさせてと思ったのであろう。京都の祖父のもとに許しを得にいってくれた。しかし祖父はみずから哲学者であるにもかかわらず、いやかえってそれ故に、このように苦しいものは子や孫には絶対させられぬと、なおがんとしてきかなかった。そのあげく最後には、私を高校で教えたことのある自分の高弟務台理作教授にまで問い合わせ、その返事も得てやっと認めてくれたという始末である。当時祖父はひどいリューマチを病み、一字をも記せぬほどの病苦のさなかだったことを後で知った。

こうして戦時下の春私は京大哲学科の学生となり、祖父の家の人間になった。祖父はもう何も言わず、ごく自然に受け入れてくれた。家は大学に近い。第一学年は夏までに短縮されたので、私はせっせと学校に通って単位をかせいだ。あのころは学生生活を楽しむなどとても考えにくかったし、遊ぶなどというふんい気は街にもなかったから、ひたすら勤勉に読書を励んだ。朝夕の食事はいつも祖父母や叔母と一緒だったし、夜の外出など全くない。いや当時のわたくしは酒は飲まず煙草も吸わず、友人とのつき合いも高校から一緒だった永井道雄と授業のあと何時間も大学周辺を歩きながら論じ続けるという習慣があっただけで、今考えてもなんともおとなしい凡々たるものだった。祖父としては青年期の孫を預かるわけで多少とも監督の意識はあっただろうが、その点は多分案外の思いだったと思う。祖父の息子たちは私のようにはおとなしくなかったときく。

そのためか祖父は思いのほかやさしかった。口数は少なかったがあたたかい感じだった。日常の会話もまずまずだったが、不思議なことに哲学の話は全くと言ってよいほどなかった。それはむろん質問をしない私が悪いので、身体が弱っているときでも祖父は、弟子の先生たちとはがんがん論じてやまない風だった。私は正直なところへたなことは聞けぬと思っていたのだが、一方切実な関心がもう近ぢか戦場で死に直面するということの方にあって、整然たる固苦しい哲学の知識など心から離してしまっていた。そういうことを祖父はどうわかっていただろうか。戦局はしだいに深刻さを加えていく。

実は私自身年をとってから、そのときの祖父の私に対する気持ちのことが気になりはじめた。なぜあのとき祖父は一緒に生活しながら、叱ることも注意することも全くしなかったのであろう。同じ分野で勉強する肉親というのに、教え励まそうという姿勢を少しも見せないでしまった。孫をわが膝下に置けば多少とも責任はあるというものだろうに、それが一切黙していたのはどういうわけか。むろん予想外の病気もあり衰えぬ思索活動もあり訪ねてくる弟子への対応などもあったろうが、それにしても言わなすぎた。ふんい気はやわらかだったし、時間も十分にあったはずなのである。

もうじきこの子は死ににいくのだからと遠慮の思いがあったかと思ったりもする。祖父は戦争に全く反対だったから、かわいそうにという気持ちはあっただろう。永別のときも何も言わずじっと見つめるだけで送ってくれたから、その感じはわかる。でも少しぐらい訓戒したりアドバイスしたりしたっていい。いや祖父は私を見離し諦めていたのではないかと疑ってもみた。たしかに祖父には抜きん出た才能をもたぬと評価せぬというところがある。平凡な私はただお守りしただけなのか。しかし私は祖父の愛する長女の大切にしていた長男だ。配慮や期待が全くなかったとは考えにくい。それに加えて無責任すぎると考えるのは、祖父はもともと世話する相手には、うるさいほど心を使わずにはいられない性格の人だったからである。

それはとにかく祖父はほったらかしのわりに心やさしくはしてくれた。やはり孫のきびしい前途を思ってそっとしておいてくれたのか。とにかくそれでもこの子はなんとかやるだろうと。そう思ったとき私はふと気づいた。やはりあの短歌のせいではないかと。孫のことをろくに知らぬ祖父にわが子を託そうとするのに、母がそのことを言わぬはずがない。入学と前後して母はきっと伝えたにちがいない。祖父も母も短歌を大切にしていた。私が短歌でいくらかでも秀でた才をもつと知れば、祖父はきっとそれをよりどころに孫を見るであろう。祖父は戒めらしいことを全く言わなかったが、そういうことにはなじまぬと見たのではなかったか。人目には冷淡にみえても事実あたたかさは十分あった。もしそういうことになると、佐藤さんはここでもわたくしに役立ってくれたのである。

祖父は何も言わなかった。母すら死に別れるまで再びとは言わなかった。しかしその一見小さなできごとは消えるはずがなかったのである。考えてみればそれは平凡なことではなかった。しかしまた偶然生まれたことだった。人生ではそういうたまたまのことが大きい働きをする。それは私の大切な秘密だった。秘密だから私の力だった。今それを人の前にさらそうとする。それは私がすでに老いさらばえたということなのであろう。

（二〇一〇・三）

夕茜のひと

十一月十三日長坂端午夫人輝子さんがなくなった。一人になられてから三十余年石神井池畔の家に歌人として風趣にとむ残生を過されたが、ついに逝かれた。所沢の霊園で夫君の墓に入られる。わが会でももはや夫人を直接知る人は少ない。

輝子さんと私は六十年にも及ぶ長いつき合いだった。私がいた文部省に長坂さんが赴任してこられ一緒に小学校社会科をつくった、そのころからのことである。長坂さんとはその後故郷信州を介してたがいの交わりが深まり、昭和三十三年ついに重松鷹泰さんと共に長坂さんを委員長とする初志の会を始めた。このとき会の事務所も長坂邸におかれたから、子どもをもたれぬ有能な夫人の役割は必然的に重いものとなった。「考える子ども」初期数年の編集長はまさしく輝子さんだったのである。その苦心のほどは言うまでもないが、なりゆき上大事な事務の面も夫人がすべてカバーされた。編集部長でもあった私は会議ごとに名古屋から上京し、いつも長坂家に泊めていただいた。輝子さんと親密になるのも自然のことである。当時は制限もあったから会員はまだ少ないが精鋭たちで、とくに中心の若年幹部連は存分に力を出し合いまことに楽しい時代だった。ある意味でそのまんなかに夫人はおられたのである。後年会の有力メンバーが一様に輝子さんをしたったのは当然であるかもしれない。長坂さんは学部長のとき突然起こった学園紛争で倒れて病いに伏され、以後なくなられるまで十年夫人の苦労は言いようもないほどだったが、弟子たちもよく長坂家を助けたと思う。夫妻の得がたい人柄のせいか、いつ行っても家はかれらに満ちていた感がある。石神井の池のほとりの風趣ある住居で孤独になられてからの輝子さんは、会務に続く看護の多忙のため一時力を抜かざるをえなかった本業とも言うべき短歌に心を傾中されるようになった。もはや初志の集会に出られることはなかったが、ただ気持ちの上でつながっていたのか、私はときどきお訪ねして話しこんだりしていた。そしていつのまにか三十余年が過ぎてしまった。享年九十二。

輝子さんのことは私の妻も自分の知る限りもっとも品格風格を備えた婦人と称えているが、めったに見られぬ女性だったと思う。教養高い詩人だったが、静かで落ちついてしかも明るい一面すこぶる激しいものを、プライドを秘めた人だった。好き嫌いの強い面もあったが、気に入った人には存分打ちこむ。その一生とくに晩年肉親の妹のように大切にしつつ、また始終徹底して面倒をみてもらった村上和子さんはその典型だが、その彼女は私にとっても文部省以来六十余年の知己なのだから奇縁だ。輝子さんが一番打ち込んだ短歌の世界の具体的なことについては、私はよく知らない。実は短歌というものでこそ輝子さんとわたくしは離れがたくなったのだから、なんとも不思議なことである。

輝子さんは言うまでもなく佐藤佐太郎の愛弟子で「歩道」ごく初期からの会員である。三十前からだと思うが立派に一つの道を貫かれた。歌集は「笛吹川」「池畔」「草もみぢ」、九十を過ぎてもまだ作っておられた。強靭さをひめて華も気品もある落ちついた歌で、私は好きだ。最後の「草もみぢ」のとき帯文を頼まれてうれしかった。この種の小文はなかなかむずかしいのだがけんめいに書いた。何も言われなかったが聞くところでは十分満足してもらえたらしい。

前にも書いたが私は高校生で短歌を始めたころ、母の師だった佐藤佐太郎さんに全くたまたまのことで一つの歌をたいそうほめられた。しかしそのまま大学に行き戦争にもいく。戦後やっと無事帰国したとき、母の死を報せようと一度だけ佐藤さんに会った。ちょうど歌会をやっているからどうぞと勧められたのを辞してしまった。家族を抱えて苦しい生活だったこともあろう。今は惜しかったと少なからず思うが、文部省で多忙になった私は、しばらくで作歌をやめてしまうのである。四十数年の中断だ。輝子さんと知り合って間もなく私は「歩道」の会員だと知ったが、もはや佐藤さんと会おうと思わず、ただうわさを聞くだけにとどめた。しかし若年の歌を佐太郎ほどの人に賞賛されたという思いは、いつまでも私を強く支え続けて、それがまた間接に輝子さんの存在につながった。彼女は佐藤さんから聞いたのかその歌の件を知るただ一人の人だったのである。

今も私の心をとらえて離れないのは、二人があれほど話をし合ったのにおたがいの歌には直接触れなかったということである。私はどの歌集も贈られ、晩年には歌稿もときに送られて、そのたび批評感想を届けていたが、米寿のときの「冬雲」で私の歌はすべて目にされたのに、ひと言もなかった。それはあえて言えばやや不自然だったから、私は今もそのことにはこだわるというか不可解でいる。それにつけて思い出すのが、昭和五十年代に入って昭和万葉集のことがあったとき、輝子さんも当然応募入選されたが、その際輝子さんは私に歌稿を渡し応募制限数だけ選び出してくれと言われた。恐らく長坂さん逝去に近いころで心にも時間にもゆとりがなかったのだろう。私は意外に思いつつ何気なく受けてしまったが、今考えると大胆なことをしたと思う。歌人にとってこの集にのるのは重大なことである。それを歌論をし合ったこともなく、今は実作もしていないらしい人間に、全面的に託すとはなにごとか。それこそ大胆な振舞いで、あとで十分吟味の余地あるにしても彼女にはそういう大胆さもあったということである。私はかつて作った歌をそのときまで輝子さんに一首も見せていなかった。となるとやはり佐藤さんが彼女に私の歌をほめて語ったということか。私たちはどうやらそういうかんじんのことは語り合わぬ仲だった。でもそれは二人の親しさが足りなかったとか信じ合っていなかったとか、そういうことでは決してない。その人の死に際してわたくしはそのことをむしろ懐かしく思っている。そこには信頼と友情からくる一つの黙契があったであろう。彼女は歌人長坂梗として実に立派に生きた人だった。

　老残を愛《を》しみしままに我らゆく相見ゐし日々今にかがよふ
池畔久しくさ庭愛《を》しみて生きし人の今もあるかと優し秋花《はな》

一つは死のまさに迫るとき村上和子さんを介して届けた歌。もう一つは挽歌に似たものと言うべきか。

（二〇一一・一）

亡くなられた長坂輝子さんのことはすでに詳しく書いたが、なお、若干補足しておく。衝撃の十二日間であった。

相見ざる死得耐へじか秋をよろぼひゆく
恋ふるごとひと来て秋を死にたまふ
やはらかき掌《て》この人ゆくは深く秋
眩暈《げんうん》もて追ひとぶらふや秋も果つる

老残のはては相見ぬまま死なん
とかねて黙契せしを死寸前の報
来るや
声なき別離よりめまいやまず

久しかった親交のあげくとはいえ、予期された最後に何故のかかる衝撃か。夫人の老いが進み家を離れざるをえなくなってから一年の余、返信も全く絶えたまま私もあえて見舞うことをひかえていた。思えば三十余年の昔夫君端午さんがその死の直前、私の手を驚くほど強く握りしめて「家内の歌集よく出るでしょうか」と言われた、その言葉を妻を頼むの意と察し取って打たれた私も今はかく老いはてて、どうすることができよう。ようやくかけつけて病室に二人だけで向き合った最後のとき、その掌をはさむようにして語りかける私の言葉を、どれだけ解してくれていたであろうか。彼女がそのとき私に向ってけんめいに発し続けてやまなかった言語なき単調な音声。私は十分の余もただ立ちつくしたままだった。私がそっと離れると彼女も自然静まって、その気品ある端正な顔容をそのまま眠らせていくとみえた。人はこのようにして死にゆくということか。そこには言いようもなく美しく気高い死の到来があった。それにしても先を争うにも似て消えゆかんとする老い果ての互いの思いとは何であろう。道はただ一つなのに、人生はその終焉においても、それ自体なお平凡ではない。

（二〇一一・三）

長坂梗（輝子）さんの遺歌集『夕あかね』ができた。生前生活の一切の面倒をみた村上和子さんを中心に「歩道」の歌人日野陽、駒澤信子のお二人が格別力を尽くされた。私も序を書き、できるだけのことをして助けた。前著『草もみぢ』に合わせて、装丁もほんとに味わいよくできた。歌数ほぼ三〇〇首、今の世にこの美しくさわやかな歌集が生まれる意味は大きいと思う。帯に表出した歌を掲げる。

ほとばしる涙のごとく花散りて今年の桜終わらんとする
千年ののちの地球に人在りやあらば如何なる文化が残る
散る花の触れし如くにかすかなる思惟わが裡《うち》を過《よぎ》りゆきたり
亡き人らわれを支えて生かしむと思ふことあり何気なき時
やはらかく混《まじ》りゐたりし蟷螂《かまきり》は落葉と共に焚きしかしれず

（二〇一一・一二）

重松さんのこと

長坂端午さんの逝去は一九七七年だが、重松鷹泰さんが亡くなられたのは一九九六年だった。これは知る人も多い。初志の夏集会の開かれたその日、八十八歳の誕生日であった。まさに四十年近い年月会をその根底から支えられたのである。主宰された学習研究連盟のこともあり、死の迫るまで休みなく奮闘された。半世紀を越える重松さんの教育界への大きな貢献はまことに消えがたいものだと思う。初志の会の創始はわれわれ三人に私と同年の大野連太郎氏も加わってだったが、彼も大分前に世を去った。鎌倉に健在の愛娘順子さんにうかがうと、重松夫人千枝さんも一昨年春九十年代半ばを越えて亡くなられたという。一人になられてからはゆとりができ、歌舞伎など趣味を楽しんでいると直接うかがったことがあるが、いま輝子さんを失い、みなそれぞれに去っていかれた。顧みればまことに感慨深い。かつて道を共にした人たちも当時を回顧すれば思いを深くしよう。いやその大半がもはや在世ではないかもしれない。

初志の会は徒手空拳のごとき様で五十余年を生き続けてきたが、始まりはたまたまの人のつながりからだった。長坂重松の二人は一高理科時代からの親友だが、重松さんの父君が亡くなられて教育者への志望に変更せざるをえなくなったとき、長坂さんはあえて決断して行を共にされたのだという。共に東京文理大教育学科の一期生である。重松さんが文部省の社会科を一年あまりで去って奈良女高師付小の校長に転じられたとき、自分の後任にもっとも信頼できる長坂さんを選ばれたのであった。かくてこの二人のつながりはついに一生を通じてのものとなる。この経緯で私も長坂さんと結ばれるわけだが、そもそもの重松さんと私の出会い自体偶然だった。共に中国での軍務から復員した直後、たまたま生まれた戦後社会科の担当者として一緒になる。私はまだ二十六の弱輩だったが、そこでのわずか一年間の信頼関係が一生を方向づけてしまった。このスタッフには大野連太郎君もやがて加わるが、十年後彼が私に期待し望んだ提案がもとで初志をつらぬく会が結成されるのである。会創始者の四人はまさしく文部省小学校社会科創成のときのメンバーだった。

こうした成りゆきで私はもともと志した哲学の研究に取り組むゆとりのないまま社会科のしごとに熱中していたのだが、所属する学会として哲学より教育学を選ぶ決心をしたのは、何年かあと重松さんの強い勧めがあったためである。相当迷いはしたが教育と取り組んでも哲学はできると考えたのだった。その結果重松さんに従って名古屋大学に赴任する。長い密着した関係の始まりである。一方の長坂さんとは二人だけで二度目の学習指導要領を作ったときから切れがたい相互信頼が生まれた。名大から東京教育大への転出もこのことが基底にあったと思う。重松さんも長坂さんもいつも私にきわめて多くをまかせられた。遠慮からだったと思うが、私はお二人に文句を言われたことがない。しかし私には事実いつでもしたい放題のところがあったから、迷惑をかけたにちがいないのである。そのように信頼できる寛容なよき兄貴分二人をもったことは、考えれば実に幸運なことだった。

重松さんとは大学の同じ講座でとくに密接なかかわりが長かったためか、それに甘えて重松さんの厚意のあまりに発したというべきさまざまの私的配慮を、そのたび辞するということもあえてしてしまった。しかし満五十年にわたる二人の親交は、そういうことでは少しも傷つかなかった。重松さんは組織の長であることの多かった人だが、大声を発したことなどなく、温和かつ重厚という点で稀な人であった。関西を中心に全国から多数の教師がしたい寄ったことは周知の事実である。書かれたものがそうたくさんあるわけではないのに驚くべき影響力だった。どれほどの数の小学校・中学校に出かけられたか。二十年ほどおられた名古屋大学を定年のあとは東京都立教育研究所の所長を務められた。七十で退かれたあとは日野市でまことに重松さんらしい研究を続けられたが米寿の日に亡くなられた。最晩年まで病躯を押して遠地まで指導に出られたのが印象的である。

（二〇一一・三）

無二の人逝く

三月初め務台丈彦さんがなくなった。享年八十八、私の莫逆の友とでもいうべき人である。頑健そうにみえたのに最晩年は八年近く病床にあった。見舞いにいきたい、いや行くべきであるのに、何かためらい、ついに行けなかった。ここ数年は私の老いと病気のためということもあったのだが、あまりにも親しかった故に会うのがこわいという感じはなんだったのであろう。そういう経験は初めてだった。松村好雄さんからの知らせにすぐ夫人へ悼句を送った。「無二の人共に見し花今遠く」葬儀は長男俊介さんが衆議院議員になられたのできわめて盛大だったが、初志の会や新教哲（新しい教育哲学をさぐる会）の人たちも心をこめて送ったにちがいない。安曇野の一角にあるお住居の情景が幻のように私の眼に迫ってくる。葬りに思いをやって、「その人の死にせしあたり春景色」「人逝くや野も山も淡く春流れ」句意はひそやかににじむ謝意か。

彼と初めて会ったのはもう五十年近く前のことだが、以来盟友としてつねに行を共にしてきた。私と出会って彼はその考えを一変させ、ついに最後まで変わることがなかった。そのため苦しんだことも多かったと思うのに、一度も志を曲げることがなかった。私は陰に陽に少なからず支えられたと思う。ことに世紀の変わるころ初志の会のなかで私の立場がひどく苦しくなったとき、務台さんの助けは実に大きかった。あの人はきついわりに明るく徳望があったから、説得力も豊かだった。敗戦のあと極寒のシベリアで苦しんだことも生きたか、気骨ある純粋な生きかたは、スケールのある人たちにもまた虚心に打ちこむ若い人にも、敬され愛されたということができよう。上田東小学校で新任校長となったときのさっそうたる武者ぶりは、今もその魅力を忘れかねる人たちがいる。私が勧めて訪れさせた若き日の築地久子さん（当時静岡市千代田東小）もその一人だ。彼が私と初志の会で強い縁に結ばれたのは穂高南小教頭のときだったと思うが、次つぎ職場を変わるごとに二人の絆はいよいよ深くなって、間もなく信州での初志の会の核心的存在となった。毎夏戸隠でひらかれた新教哲の中心人物だったことも忘れられない。だれもが知るように初志の評議員としての活躍は久しいが、ここ十年二十年初志の会のもっとも重要な人物の一人となっていたことも間違いない。大学に職をもつ会の幹部たちも、務台さんからみればはるかに年若な後進なのである。彼を失ったことの打撃は会として思いのほか深い。

秋深いある日松本から上田へ出る彼の車に同乗したことがある。そのとき大明神岳の近くか標高の高い峠で、かつてウェストンが北アルプスを眺望した同じ地点から、二人で望み見た山の姿が忘れられない。共にまだ若かったという感慨である。松本城山公園で杉田久女の句碑と墓を見たのはもう少しあとだったが、あの広い信州の東西南北いずれのところも、私が務台丈彦と共に存分に活動した思い出の地である。彼は去った。私も間もなくあとを追うだろう。

（二〇一三・五）

愛すべき作曲家

隣に住んでいた義兄の原六朗が亡くなって、もう七年がたってしまった。わたくしが名古屋から東京へ移って以来、三十数年に及ぶつき合いだったが、そうしばしば顔を合わせたわけではないし、ゆっくり話したこともごく少なかった。しかし人間としての親しみはずっともち続けていて、おたがい年をとるにしたがって心情の上でのつながりはしだいに濃くなったと思う。年はむこうが五つほど上だったが、晩年にはわずかの文字だけの彼らしい賀状も来たりして、ひそかに信じ合えるという感じだった。彼は美空ひばりの「お祭りマンボ」の作詞作曲家だったから知名度は相当高かったが、全くそれらしい顔をしていなかったし、その世界のことには一切触れたことがなかった。われわれは野球と旅の話などしたのだが、それで結構うまが合ってたいへん楽しかった。彼が世にもてはやされたのは昭和三十年代だと思うが、人柄が飾ることなくあたたかだったから、死に近いところまで往年の名歌手など訪れることがあったようである。下町で生まれ育った正真正銘の江戸っ子で末っ子ときているから、明けっぴろげでときに人とぶつかったりもしたと思うが、やわらか味もあって私は好きだった。八十半ばまで健康だったのだから文句は言えないが、もう少し生きていてほしかった。

親しかった人に先立たれたりして晩年はどこかさびしそうで、ときに俳句など楽しんでいたが、私にもう少しひまがあったらなどと今にして思う。生きている間はおたがいそれがいいように思うこともあって、会うごとにちょっと声をかけ合うだけですませていたのが、終わってみると心残りだ。二人でゆっくりできる時間があったら、私ももう少し早くから俳句をつくって楽しみ合えたかもしれない。彼の没後夫人もただ一人の子もすぐ追いかけるように亡くなってあともさびしい。書き残したと思われるものもあるのに見る機会がない。私は今もやや年をとった人たちに原六朗ファンの多いことに驚かされるのだが、その墓が高尾霊園にあることもあまり知られていないようである。そこはすばらしく桜の美しい場所だから、六ちゃん今は静かに楽しんでいるかなと思ったりする。いつのまにか大分彼の年を越えてしまった。彼の会心の作は「パリの夜」なのだが、世の中にはまだ「お祭りマンボ」が残っていくだろう。とにかくこびるところの一切ない魅力的な笑顔の持主だった。

（二〇〇九・一）

母の歌父の歌

長坂輝子さんの遺歌集「夕あかね」を編む過程でお世話になった歌人田野陽さんのお心くばりで、私の母弥生の短歌が百首ほど見つかった。東京女高師を出るころから敗戦のすぐ前五十歳寸前で死ぬときまで愛し続けてきた歌だから相当ぼう大な数があったと思うが、私が戦地に出征した直後母が急逝、追いかけるような戦災で一切を失うという事情だったから大変うれしかった。どれも花田比露思の「あけび」に載ったものだが、この歌誌はもう古くて関西の図書館を主にようやく残存するというぐあいだったから、川合春路さんにも骨折りを願った。私の生の終末にこのことがあってほんとうに幸せだ。お二人の厚意に深謝したい。

私も高校のころから短歌をたしなんだのに、ついぞ母の歌を見ることがなかった。母も見せなかった。今にしてわが少年時の母の歌に感懐を覚えるのである。不孝の子はついに歌集も編みえなかったが、母の一生を貫いたのはまさに短歌だった。学生時代尾上柴舟に教えられて以来母の歌はどういう道を歩んだか。花田のあと川田順に学び、最後は佐藤佐太郎だったが、やはり少しずつ流れは変わったように思える。しかしひらめくものはあるし力量は確かで、いよいよこれから熟してというところだった。

母の父西田幾多郎も比較的少なくではあるが詠んでいるのに（岩波文庫に私の編で歌集）、若年の私はそれにも全く関心がなかった。母も触れなかった。このようにして老哲学者と娘と孫はそれぞれに短歌を大事にしながら、相互には全然触れぬという異様なことが生じたのであった。ただ最後に母はひそかにわが子の歌を師に見せその禁を破るが、結果は望外というべき喜悦だった。祖父はどう思ったであろう。以下昭和九、十年ころの母（上田弥生）の歌を記すが、当時私は中学生だった。大阪控訴院判事だった父上田操は激務によるノイローゼで休養をかね和歌山県田辺に一年余転勤。母は薫を芦屋市の親戚にあずけ三人の弟をつれ転居。父復帰後は芦屋に住んだ。

「御母ちゃん果物屋さんが来ました」と小さき足音二階に上り来

「果物やさんまた押売よ」と母椅子を下《くだ》りて立てば子もついて来る

漁り火をゆるかせて来る白波の打寄する岸に月さやかなり
そなれ松梢にかかる白雲のそよの動きもさやかなる月
静にて遠くの山の見ゆる夜は町にともしの無き暴風雨《しけ》のあと

夫元の職場にもどり芦屋に住みはじむ

移り来て初《はつ》の勤めに出でましし夫《つま》を待ちわぶ夜を独り起きて
久々に逢へりし友に誘はれて酒かも飲ますいづちにかいます
ひねもすを人の苦みに見向《むか》かへる法《のり》の司《つかさ》に酒は咎めじ
弟妹らの近きよろしみ来つれども来てまた吾の淋しくなりぬ
何となく圧迫の前に立つ如き芦屋の住居なじみかねつも
三十路過ぎし妹《いもと》の衣《きぬ》の紅《くれなゐ》を冬の陽ざしにしみじみと見る
油絵具匂へる室に年まねく起き臥していよよ若き妹《いもうと》
たまたまにはらから寄りて語らくは一人の父を安けくとこそ
天地に心打ち明け語らくは汝《なれ》ただ一人長く生きこそ

夫の病なりし頃世話になりし人に

千よろづの思を持ちて逢ひしかど言葉は出でず口にこもりて
大いなる病院とのみおもひしか今来て見ればさ程にもなき

眠り薬君に求むと此道を憂ひつつ吾や幾日か来し

此家をよしや死ぬとも支へむと思ひし吾も今は疲れぬ

父と子の心の溝の深み行かむ末を恐れておののくわれは

はるばると紀三井寺に来て春山のまろきを見れば心したしき

晝餉《げ》しに帰る人等の面たちの皆似かよひて紀伊はなつかし

われもまたあはれ女の末に生れ気つらふ事の多きわびしさ

ちちのみの父のみことのいつまでもおはさむ幸を君に祈りし

父と行く大原道に亡き母の思ひ出あれど敢て言ひ出でず

慎ましく生きし母なりき其母をあきたらぬごと思ひし吾はも

人波のうねりのままに逆はず西宮戎《えびす》神社に詣でおはりぬ

梅の里に帰る娘《こ》の荷を吾も押して芦屋川土手水寒き朝　婢去る

鉄管氷りモーター止りて動くなし此寒風に貰ひ水する

米とくに指ちぢかめば湯を入れてときすすぎする慣となりぬ

ひまもなく一日働きて夜座れば棒を折る如き足の感触

九度近き熱を堪へつつ夕餉作る窓にしんしんと雪はやまなく

くりやへに夫の洗ひます皿の音かそかに響き枕いたしも

ちちのみの父が作りし豆腐汁甘し甘しと子等は代へけり
健かに飯はむ子等の横顔をいねてしみじみ吾は見て居り
口に夫を言ひなだめつつ目に吾子の受験準備の算術を見き
弟を連れて出て行く兄の子は頼もしげなり門に見送る　　受験
子の噂ひとしきりすみて話の華時事問題に咲きかはりゆく
相続税五割を主張する芦屋夫人の快き気焔は笑みて聞きけり
遠山に雲立ちわきておそ春の山城は今菜の花ざかり
露をふくむうす紅のばらの花の奥よただよふかぐはしき香よ
紀の国の大暴風雨の朝にたふれたるうるしの子ここにつつましく生ひぬ
一つぶの種子より生命生ひ出づる天地を吾親しと思ひぬ
茶はしらの二本泳きて此朝の朝餉の後の心すかしき
子の為に生きてを行かむ二十年の道ははるけきものにしありとも
緑濃き建礼門の広庭に粛々として騎馬の人来る　　京都
萬葉植物園に永き春日の午後を居て夕かたまけて吾は帰りぬ
自動車を下る女襟に這ふ狐憎かりき此処に来し頃　　父兄会
世帯苦は知らぬ女に交りつつ吾もよく語る此頃慣れけり

若き母君寄りていろいろ聞き給ふ年輩に見ゆる吾かと驚く

実は私の父操（画号三竿《さんかん》）もいくらかの短歌を残している。晩年南画に打ちこむ間に歌もくちずさんだのであろう。もともと親がひよわを案じて小学校から学習院に入れたのが、長じて「白樺」に加わる文学青年を生むことになった。素養には並ならぬものがあって、最後に作歌したのも母の影響だけではあるまい。東京オリンピックのあと亡くなったが、私は弟久を助けて追悼の画文集『花の影』をつくった。そこに父の八十二首がある。最晩年美佐緒の号で「覇王樹」にのせたものである。変化多かった人生の終末を慰める静かな歌だ。このたび私はそれも合わせ記したくなった。父母合計でも歌の数は少ない。とにかく私の生命の残りだけではもうどうしようもないが、「先生のも加えると歌集になりますね」と電話の向うで田野さんはほほえまれたようである。

葉牡丹のいろ愛でたきを瓶にさし春を迎ふるこころたのしも
日うらら椿散りしく樹の間よりほのかに聞こゆむれ牛の声
焼け失せし古き愛書をゆくりなく街に買ひえて心なごめり
夕風のしづかにそよぐ庭の上にけしはくれなゐに揺れて散るかも

みちのくの秋の深きに訪ねきてうま酒にひな唄われは歌へり
春日野は朝の光に老杉の枝さしかはす影みなながく
離りたる人にはあれど紅梅のにほふ夕べをおもひてなやむ
ちぬの海を遙《はろ》けく見つつ梅白き山あひの家にしづかにあらむ
孫のため買ひきし金魚のいく匹を庭の小池に放ちやりたり
暁のしじまをやぶる蟬の声けふの暑さを圧しくるごとし
若かりし利玄とゆきし旅の日をわれ老いて今そぞろにしのぶ
「白樺」の創刊をかたみに悦びし友逝きてすでに幾歳《とせ》を経し
詩と画とに老いを忘れし唐人を恋ひつつわれは静かに生きむ
秋ふかき秋篠寺に訪ねきてわれはひそかに伎芸天に酔ふ
天平の匠が彫りし伎芸天とわれはまむかふこころしづめて
円き柱並びたちたる唐招提寺に夕日あびゐてわれは小さし
わが生れし湯島天神坂下をひとり歩めり梅の咲く日に
なにとなく人恋ふ心うごきゐてゆふべ沈丁花の香りただよふ
藤村のあみし詩集の表紙絵に若き心をときめかしにき　馬籠
詩人《うたびと》は焼け跡に生えし牡丹花を愛《を》しみしといふその白牡丹　同

春浅き今宵を友の家にゐてきくロシア民謡に心うるほふ　春浅し
七十年を生ききしことも茫としてただ夢の如し花に向へば　同
子のために五月人形も買ひ得ずて妻と悩みし若き日もありき
浪荒き志摩の磯辺にもとめたる浜木綿の花のうすきくれなゐ
唐招提寺へゆく道さへや冬さびて椿の花の赤く散りしく
わずかなるいとまをもちてけふ見《まみ》ゆ伎芸天とわれと何の縁《えにし》ぞ
もろもろのみ仏の中のみ仏とわれは仰げり伎芸天像
秋雨の祇園の街はひそかにて夜の水音のしげくきこゆる

（二〇一二・一一）

わが若き日の歌

思うところあって若年のときの短歌について少し記そうと思う。時は戦争をはさんで八年、昭和二十二年二十七歳までの作品である。今考えてみてもそのころはほんとうにあわただしい時代だった。十六年十二月対米宣戦。すぐあと大学に入った私は、十八年十二月学徒出陣で入隊する。二十年一月には中国に渡り八月敗戦虜囚。復員帰国は二十一年一月だった。そのあとの苦難のことはもうくどくど言わぬが、ようやく文部省に職を得て落ちつくまで人心地なかったといっても過言ではない。そのどうしようもない間だけ私は歌を作った。作らずにいられなかった。だから帰国後のそれは泣言にも等しく、楽しむどころかひたすらセンチメンタルに、いやときにヒステリックにさえ書きつけたものだった。それははっきり私の限界を示すものだが、人はむしろそこに当時の世相の一端をかいまみられて、興味を覚えられるかもしれない。

みちのくの土用波立つ浜をゆけば砂色赭《あか》く濁るごとしも

町なかに公園ありて小さければ遊動円木の夕光るのみ

荒《すさ》びたる心いだきてゐしときの夕歩きかなし劇場の横

あかときはいまだ至らず濠《ほり》水の浅きたたへを寂しみにけり

おのづから虐ぐるごと冬雲は夕明かりより街にたれたり

最初のは昭和十五年、あとの四首は十六年の作で、ともに始めて間もない時のものだった。みちのくといっても実は茨城県北部にすぎぬのだが、同じ太平洋でも房総あたりとは違う感じだった。ひとり何日も波を見ていてあきなかったのだが、私の〝ずれ〟という考えの元になったのはこのときの波涛である。この歌はさしたるものではないのだが、言葉の流れが気に入っていた。私の最初の歌といってもよいものだから忘れがたいのである。二首目三首目は当時の街をさまようように歩いていて作った印象の深いものだが、四首目はあまり覚えていない歌である。場所はやはり東京以外考えられないが実感がない。ただ世の中はまさに戦時色濃厚、いつ何が起こるかわからぬ状況だった。そういうことへの抵抗が、こういう歌を作らせたのであろう。堀の水は薄く光っていただろうか。五首目はしばしばあった夕方の散歩で生まれた。関口江戸川小公園でというのだが、暗くなりかけるころ私はいつもその辺を歩いた。当時私の家は牛込矢来町の新潮社わきにあり、矢来下から江戸川橋を渡ると、左手に川にそった細長い公園がある。いつも人は少ないが、狭いけれど落ちつきがあってよく行った。西方に早稲田が見え正面は川向うにやや小高く牛込の町があった。寒いがよく晴れた夕空にぽっかりと垂れていた雲の姿が今も心に残る。この歌はそのころ売り出しの歌人佐藤佐太郎さんの眼にたまたま触れて激賞され、そのことはずっと後まで私のなかに残った。

死ぬと言ひて出《い》でゆくものか父母の心しばしば吾《わ》は思《も》はずけり

この歌は軍隊に入る前に作ったのか、それとも入隊後、やや落ちついたあとの作か自分でもわからない。私は哲学を志したせいもあるが、死を目の前にして泰然とできるかということをいつも気にしていた。とにかく当時の若者は死ぬことを当然と思っていたのである。またそう思って念頭から消していなければ、とても生きていけなかった。もちろん死にたがる者はいないのだが、私は逆に死と向き合い対決してみることにあこがれてもいたらしい。父も母もひとことも生きて帰れとは言わなかったのだが、その内に秘された熱い思いに対して、私の言動には心ないことが多々あったと今にして思う。敗戦のすぐ前に逝った母に対して、とくに悔いる思いが強い。死そのものについても、そのときの私はまだまだわかっていなかった。戦場の歌は「冬雲」にいくつかあるが、それは老いはてて近づく死を意識しながらよみがえらせて作ったものだ。

落日《おちび》遠く枯れたる沼をわたりをりほの寒み見ゆひかれる沼の
暮れはてし沼のそきへに火群《ほむら》立てり今宵も戦友《とも》の焼かるるを見き
勝つも負くるも仮初《かりそめ》ならむこの国の天満つる星は太古のままに

昭和二十年の秋もすでに深い。旧中隊の形のまま虜囚となっていた日々。所は南京西南西やや遠く広い原野のなかの湯水鎮集中営。焼かれるのは戦死者ではなく病死の兵だった。故湯水鎮国に帰れるかもしれぬ日が近いというのに、栄養失調で次つぎ生命を失っていく。同じ部下でも若く生存意欲の強い者はほとんど無事であるのに、気力に劣る老兵が二日前には元気だったのにと言われながらの哀れな死の様であった。そういう兵の顔が今もときに浮かんでくる。

たらちねの母を死なしめ子の帰るけさの朝けよ明るぐるしも
帰りきて母なきことの悲しみを言ひなづみきつ末だ言はぬも
帰りきてすべなき我に寄せたべし縁《えに》なき人の心に泣かゆ
とどこほりし悲しみごとのたはやすく心にしみむ日をしこほしむ

昭和二十一年一月半ばすぎやっと帰国を許されて、復員船は上海から鹿児島港へ。上陸すぐ復員。しかしやっとたどりついたかんじんの東京には、母の死を思うゆとりさえままならぬ日が待っていた。それはもはや血縁にはたよれず、縁なき人びとの情けにすがる日々だった。焼け野原のなかに仮住いするかつかつの生活には、喜びにも悲しみにもまともに心の向わぬ異常さがあったと思う。病父と弱年の弟をかかえて男手のみ、しかも経済的な生活の見通しはまるで立たなかった。右一首目は歌の無骨さのなかに心の底から湧きあがってくるような心情のうめきを感じさせる。ほんとうにこれが故国での第一声だった。あとは母に触れたくない、触れることができない日々の連続。国もあてになるとは思えず、あい見たがいの情だけで支え合う。やっと職らしいものにありつく夏まで、戦地にいるより心細く苦しかった。

街路樹のひくき並木は焼跡にすぐつづきついまだ芽ぶくも
梅雨に近きあらき光ゆ眼にたへてかげろふが見ゆあはれ焼原
雨の降りし土曜の午後は流離《さすらひ》に似しこころもて築地に来る

戦後一年なお東京は茫漠としていた。町じゅうがほとんど焼け野原で復興は容易にはかどらなかった。むろん焼け残った所はある。人びとも元気をとりもどしてきていた。おたがい座席のない貨車風の電車で郊外の農家へ買出しにいかねばならなかったが、一方都心の闇市は盛んだった。そこには物があふれていたが、一般の人間は多分無縁だったろう。一面焼けはてたなかを都電がのろのろ走っていた。築地へ何をしにいったのかわからない。昔のにおいが残っていはしないかと思ったのか。求めてもたいてい空しかった。それでもいくらかはゆとりらしいものが出てきたのか。それも生活苦にあえぎながらのひとときの感傷にすぎなかったろう。かつて住んでいた牛込のあたりも、ほぼ焼きつくされていた。

帰りきて幼き子らの乞食《かたい》するビル階をすら日々に通ひき

支那街《まち》に見なれし子らと似しゆゑに胸しづみ見つ靴磨く子を

いとしみし支那小孩《シャオハイ》に似しもありて街角を来つ夕べかぎろひ

微かなる遠雷ありておほよそのいらだちごともいつか鎮めき

いつかしごとに馴れやや落ちついた感じで文部省にかよっていた。街は少しずつ整ってきたがまだ安定には遠い感じだった。私は新橋で降り虎の門まで歩いたのだが、駅に近いところにいつも子どもたちの靴磨きが出ていた。まだ小さい子もいる。私はついに磨いてもらうことがなかったのだが、中国で見馴れていた情景を心に浮かべずにいられなかった。どの国でも貧しくて働いている子の顔はよく見るとかわいい。かれら今どこでどうしているか。ようやく結婚しても狭い茅屋に父や弟と同居してろくに部屋のない生活だったが、それでもいくらか希望が見えてきたということだったか。歌も少し明るくなっている。それまではなるに任せていたいら立ちごとも、ときに沈めるあてが出てきたということだったろう。少しでも人間らしく生きたいと、世の歩みとともに考えていたということだろうか。時に二十七歳。その翌年一家転居していくぶんましな生活になるころには、もう歌は作らなくなっていた。

平成五年湾岸戦争のとき私は四十数年ぶりに歌を作った。きまった務めから解放されるころである。それからは少しずつ作りたいときに作るというかたちで、作歌になじんでいった。発表はやはりしなかった。むろん一首一首それなりの感動はあるのだが、やはり若いときとは違っていた。二十代は身を投げ入れる感じで歌ったと思うが、老いてはさすがに少し距離感をおいて事も心も見ている。落ちついたといえば平凡だが、とにかくゆとりらしいものができたのであろう。やがて賀状に印刷したりもするようになったが、せいぜい二首か三首、時に思いを表わすという程度だった。

それが平成十六年秋の暮れに心筋梗塞の手術をしたあと、静養の一年が過ぎると突然爆発が起きるのである。私としては作りまた作り、生涯歌数四〇〇〇のほぼ七割をこの一年半で生産してしまった。病後でひまがあったといえばその通りだが、それにしても八十六、七歳という病後老残のしわざである。歌人としても相当変則の歌よみであろう。長くうっせきしていたものが一気に吐き出されたのか。それとも老いて病んだ不如意の暮らしへの反動か。自分でも驚くほどの集中力で止めようのない感じだった。初めて俳句に手をつけたのも同類のことだったであろう。ありていに言えば死をすぐ前に見て焦ったのかもしれぬ。いやもうけりをつけようということだったろう。さらに勝手をいえば、もうひと勝負したいという欲だったのかもしれない。なりふり構わず正体を突き出したいという思いがしたたかあった。歌や詩や句はそれで自分を飾ろうとする人もあるが、飾ったとて正体は見えているのである。だからさらし出すべきは全作品で、みずから都合よく選んではいけない。そこにひそむわが裸で世間と勝負するほかにありようはないのである。

　その結果として私には今悔いがないが、それができたのは突きつめてみれば、やはり二十代の歌があったからであると思う。だれに見せた歌でもなかったが、それは私の生の根底に動かしがたく生き続けていた。幼く浅い中身だったかもしれないけれど、私としてそれは決して消すことのできぬ大切な生の跡とでもいうべきものだった。こういうことを書きさらすまで長く生きたことをどうかと思う気持ちはあるが、人間なんとか生き続けていることには何ものかへのどうすることもできぬ甘えがあると、私は歌や句を作りながらふと思うのである。

（二〇〇八・九）

第四章　ひとり行けどひとりを行けど

大震災老いも刻まれて消えず

「がんばれ」の声は空しく

被災地に入った野田正彰さんの記事を新聞で読んだ。野田さんは社会問題に鋭い識見をもつ精神科医で、わが全国集会にも一度加わられたことがある。「復興をめざしてがんばろう」それは多くの肉親を失って落ちこまずにいられなかった人にとって、最悪の言葉だと野田さんは言う。立派な町づくりに急いだりせず、〝細くなったろうそくの炎のような被災者の気力を両手で包み、炎が大きくなるのをゆっくり待つ〟ことこそが今は大切だということである。そして原発事故処理のために危険をおかして黙々と力をつくす消防隊員や自衛隊員たちのなまの声をこそききたいと言われる。さすがだと思った。日本人が大災害にあっても毅然として立派だと世界に伝えられることは確かにうれしいが、それで心の憂さが少し癒やされると思うことは何だろうか。むろんこの国の人間が元気を出すことは大事だ。被災者のためにも有為だろう。しかしそれで悲しみが医されてしまってよいのだろうか。「がんばれ」という声をきいてもだれも落ちこまぬ状況をつくることこそ第一だ。悲しみと悲しみがじかに向きあう。そこにはきれいごとはない。言葉をつくしても気休めなどない。

多少の被害はあるもののまずはまだ生きている九十老人はいったいどうすればよいのか。少なくとも節電には協力したいが、昨年のように猛暑が続いたならもはや生き続ける自信はない。それでも生きている限りわがベストをつくせばよいわけだが、それができないから苦しく悲しいのである。ひっそりと速やかに去るのがよいようにも思える。ただせっかくだからわが力の限り世に向って叫びたいという気持ちはある。しかしその中身ががんばれでもなく、きっと道が開けるぞでもなく、むしろ今回よりはるかに巨大な危難と正対する覚悟をうながすことであるとすれば、どうであろう。人類がそれに対しうるかどうか全くわからぬが、人間がこれまでの生きかたを根本から変革せねばならぬことだけは明白だ。世界は今日本に同情を寄せてくれているが、それが心情だけでなく現実の必然性にもとづくことになることが不可欠なのである。

国家や民族という存在を相対化し宗教の排他性も完全に克服せよ。そういう破天荒な求めをいくら叫び続けても、おそらくは気が触れたとしか思われまい。では人類の未来の安全を保証しきるものがどこにあるというのか。いや人ははるかに遠くのことで無縁だときめつけているだけで、深刻きわまることが思いのほか早くやって来ても約束が違うなど言うことはできまい。東日本大震災は想定外だらけだった。未来に想定外がいっぱいあってもおかしいわけはないのである。

（二〇一一・九）

「微小われ耄《もう》もて地震《なゐ》に対す春」

一人のかよわき老残がたまたまこの巨大な地震に対したときのことを詳しく記していた。その忘れがたい思い出をここに再述する。

その日私は隔週のハリ治療で築地の木村愛子さんのところへ行くところだった。昼間は暖くてついうっかり薄着だったのもまずかったのだが、軽い昼食後新宿の専門レストランで大粒の生がきだけを六個食べ、ご機嫌で地下鉄に乗った途端の遭難だった。四谷の少し手前である。それでもやがて近くの駅までは着けてくれたので、昇れぬ階段を必死にあがり地上に出てはみたのだが、これがどうしようもない。木村さんに連絡をとろうにも携帯電話は通じぬ。車だけは走っているが、休み場所もないから新宿へ向けてとぼとぼと歩きはじめた。杖をつく私の歩みは超スローで、十分もいけばもう休まねばならぬ。相当長い道のりをにわか雨にもあいながら、ようやくデパート伊勢丹に入る。腰をおろす所もなく時間だけが過ぎるが、北の方に大きな地震があり電車は全く動かぬということだけ何となくわかった。だれも助けてくれないからとにかく家に連絡したい。見ると公衆電話は延々の列だ。やむなく外へ出て靖国通りを遠くまでいってやや短い列に並び、やっと通話。家から迎えに来てくれることになりほっと安堵。車を運転する孫の達が平日なのに奇跡的に家にいて、嫁のみどりと来てくれるという得がたい幸運。それまで全く孤立無援で心細さの極だったのが一転明るくなる。場所は新宿のどまんなかだが、頼れる人いや知り人は一人もいないのだ。伊勢丹にもどり化粧品売場の小さなイスを占拠したまではよかったが、こんどは待っても待っても迎えが来ない。知る由もなかったが青梅街道は超渋滞だったのだ。しだいにあせるうちアナウンスがあって「本日はお客様の安全のために六時で閉店いたします」と。いたしかたなく寒い戸外に追い出され、またようやく公衆電話をすると、もうそちらへ行ったはずと妻は言う。よろめき倒れるように急ぎもどってても店は閉鎖。あてもなく正面玄関の外に坐りこんだ。刻々に空は暮れていく。そこでついに嫁に会えたのは七時近かったであろう。嫁は新宿へ着いてもあまりの渋滞だったから、車を抜け出して来てくれたのだという。私は天にも昇る気持ちで孫と待ち合わせるという新宿駅東口に急いだが、実はそれからがまた大変だった。寒風のなか坐る場所もないのにいっこうに孫が来ない。どうやら大混乱で打合せ不如意だった上、嫁の携帯の電気がつきてメールも利かぬ。弱りゆく老人を抱えて必死の嫁も気が気でなかったろう。気温低下し風いよいよ激しく人影もない。私は最後には地下道にへたりこんでいた。（このときのみじめな姿をニュースで見たとある教え子は言う）地獄のような長い時間が過ぎ、ようやく孫の車に乗れたのはもう九時近くだったか。疲れきってシートに沈んだ私は、思いのほか気は確かのようだった。遠回りしても渋滞はさして変わらず、家に着いたのは夜中の十二時を大分過ぎていた。ほとんど飲まず食わずのままでよくもったと思う。私は激しくでなくとも急に動くと、平常低く保っている血圧が急上昇してしまう。それにふだんは二時間ごとに五分は横にならぬと心身が苦しくてもたない。だのにその日はすっかりそのことを忘れていた。めまいも起こらず例の間質性肺炎の激烈なせきも全く出なかった。いつもはのぼれぬ階段も何度も必死に昇った。九十老人よほど気が立っていたか。それにしても深夜のろのろ進む車の列にトイレと熱いお茶を提供してくれる人たちの親切が身にしみた。

翌日はさすがに疲れがひどかったが心配するような症状は出てこなかった。精神的には久しぶりさわやかでさえある。一人でいて地震につかまったのはたしかに不運だが、病躯の老耄が無事生きのびたのは多くの幸運のためである。いたましい大災害のこととは別に私には忘れられない一日だった。前にも言ったようにこの経験は私には大変でも、現実のきびしい災害からいえばまことに些々たる茶番劇にすぎぬかもしれぬ。漫画的な笑い話かもしれぬ。しかし老いはての老人もこれでいくらかわが甘えを悟り、改めて悔いるところもあったのではないか。そこには観念的なものではないなまなましい孤独のきびしさがあった。若年のときの異国での戦闘でもそういう思いはなかった。あの日東京では通勤者たちが数時間かけ徒歩の帰宅をしていたが、私にはそういう手段はなかったのである。どこかへ倒れこんで保護してもらえばと常識的に思えもするが、あの異常な環境でそういうことは頭になかった。それだけは絶対にいやだったのだと思う。このように何の意味もない九時間半のもがきをばかげたほど詳しく恥知らずに述べたのは、私の心身の実状を正確に知ってもらうことが一つの目的だったと思う。今回は幸運にも助かったが、もはや事あればそれで終わりだということである。私のいのちを惜しんでくれる人には悪いが、一瞬にして何万という人が失われるのがこの世の真実だ。私はこのたび少し力を得た。まだできることは何としてもやる。でなければ生は無意味だ。（二〇一一・五）

競争というものの悪——人間像論

私はどちらかといえば海より山の方が好きだ。といってもれっきとした高い山ではなく、すぐひょいと入りこめるようなちっぽけな山がいいのだから情けないというか、かわいらしいというか。むろん高山の空気も風景も嫌いではないのだが、自力で登ったことがないのだから好悪を言う資格はない。私の若いころは戦時で高山に登るなど考えもしなかったわけだが、戦後もろくに休日のない生活だったから、秀麗な高峰などはただ遠く見て楽しむ対象でしかなかった。とくに信州へは千回をはるかに超えて行ったから、好きな山容は数えきれぬほどあったのだが、ついに一緒に登ろうと言ってくれた人はなかった。私は小学校から阪神間にいて中学のとき芦屋の山手に住んだが、二十分もいくともう六甲の前山のなかという所だった。海のよく見える気に入りの場所で私はひとり寝ころんで読書した。期末試験準備もしたと思う。終始だれも来ずときに蛇が通るぐらいだった。季節もいろいろだがとにかくあのへんは気候温和な場所なのである。楽しかったなあと今に思う。

実は最近人間像の問題を論ずるときに山の話から入った。山についての人間の関心のもちようを問題にした。私の周りには昔から山好きがいっぱいいる。だからその幸せそうな様は十分に共感できるのだが、山が新聞紙面などをにぎわすのはやはり事故のニュースと達成記録のことである。遭難はまことに悲しい記事で思わず目をそむけたくなるが、もう一つの記録の方はよくもと感嘆させられる。先だっても高齢のヒマラヤ登頂があってその能力と努力には敬意を表する以外ないのだが、実はその一面どうして最高齢をそう貴ばねばならぬのか、首をかしげたくもなるのである。世界最高峰の最初の登頂者の名誉が不朽のものなのはむろんだが、もしたとえば一番と二番にさして大きな差がない場合など、どうして当然のようにトップだけが輝かしくなるのか。南極探検をめぐっての話も印象的だったが、世の中はどうも競争の原理にふり回されすぎているように思える。後着だとて価値は大きいではないか。いや最初こそ未知の発見でもあり苦難絶大だというのは首肯するが、それならそうした内容の充実ぶりをしっかり味わった上で賞賛すべきであろう。とにかく時間的にも空間的にもそのときその地点にただ一人の人間がいたという事実の絶対性は無比に違いないが、そこに好運がからむこともまた見のがしてはなるまい。わずかに不運で遅れると、その敗者の名はあっさり消えていく。だれもそれを不思議に思わない。

しかしこのように考えてもし第一人者の絶対性が少しでも減少すれば、その目標への世人の関心も若干薄れる可能性が出てこよう。それはマイナスのことに思える。光輝あるこの登頂の問題をスポーツでいうなら、優勝も最強も少なからずその価値を落とすということだ。それは総じて人間をゆるみ怠慢へ誘うことになりかねないが、とにかく何を言おうとトーナメントの優勝者は多分に強運の持ち主なのだ。オリンピックの金メダルも同じだ。人びとはふつうそのことをわきに置いて賞賛しているのである。もしそれを勘案すれば過度の名誉や富はまさに不適当のことだ。それは人間の努力を助勢する一面虚偽の源ともなる。ドーピングはその典型例だ。

私は山を愛する資格を欠くかもしれぬが、山の魅力は記録などよりはるかにダイナミックな味わいをもつように感ずる。オレハ断然アイツヨリ先ニ登ルゾなどとは戯れにも言わぬ精神が大切だ。山は競争の場ではなく人間味あふれた自然美の世界であってほしい。同様に教育が目標とする人間像も、徳目の化物のような抽象的で空しい存在ではなく、幅をもつ個性豊かなものであってほしい。世界一日本一のことを成しとげよという大仰な求めは、社会の幸せをほんとうにふくらませうるものだったか。美々しい徳目の平板な羅列は、逆に道徳の退廃を招く。一見見事な一律の人間像は人間の個性を押しひしげ、ついに生命を枯渇させよう。山も人間像もまさに人間の精気の生きる場なのだ。それが静的抽象の極点へと閉鎖されれば、きびしく形骸化された人間像を掲げられしいられれば、競争のための競争がわが物顔をし、ついに最大不幸である戦争へと必然のように突入していく。

人間像は山の場合と同じように、名を立てるごとき育てと平凡でも個性的な生きがいを可能にする育ての両様がある。文部省も昔は「期待される人間像」を言ったが、今の文科省はまだ黙している。しかし道徳を教科にしたりすれば、愛国や郷土・家庭の絆を看板にした人間像が突出しかねない。民主的な世界では人間一人ひとりが個的な人間像を築いて幸せになることこそ願われる。記録作りに夢中な高速病の強者どもに、世界に満ちる弱者たちはどう救われえよう。人間像が静的な抽象化の極点というべき徳目に堕すれば、競争原理は白熱して必然的に戦争をひき起こそう。それは人間の驕りの終着点だ。いつも言うように原子力と環境問題は人類を世界をなまなましく破滅に正対させてしまった。もはや逃れるすべはない。それでいて何が記録の向上だ。今はすべてを滅びへの姿勢で考えることこそ大切だ。人間像から驕慢としかいえぬ超楽観の自己満足を徹底追放せよ。それができねば即地獄だ。己の国を愛したいのは自然のことだが、戦地で兵だったわたくしが人殺しを正当化する国家を憎悪したときにも増して、今の国家は世界人類を破滅させる巨悪のエンジンを担っているのである。心あらば国というものを根本から考え直せ。

(二〇一三・九)

勝利至上のこと

私は青少年のころ野球やサッカーに熱中し技も少なからず身につけたが、そのことが老いた今日も骨格や筋肉に顕著に役立っているとときどき言われることがある。実は若年時だけでなく老残の現在もスポーツへの関心は深くて、テレビや新聞に熱い眼を注ぐ。あえて言えばわが一生を支える柱の一つはスポーツであったのだ。しかしそういう私でも現に問題となっている勝利至上主義には強い嫌悪を覚える。勝ちさえすればよいと思った瞬間にフェアなものは消えるからだ。むろん私とてひいきチームが勝つのはうれしい。しかし過程がちょっとゆがんでも幻滅だ。人気や資力での条件づくりも明らかに邪道だ。そのせいかどうやら私は弱小チームに心ひかれる。やたら大観衆をひきつけることが内容の真の充実かどうか。人びとは人気あるトーナメントの大会に熱狂したりするが、優勝者即最強者でない事実をどうとらえているのであろう。トーナメント方式ではどうしても組合せなど運がともなう。それはいたしかたないことだが、それ故勝者を過度に表彰する必要はないのである。長期間のリーグ戦方式でずば抜ければたしかに最強の名に値しようが、どの試合も楽勝ではやる者も見る者もそう興奮はすまい。力も入りにくかろう。

とにかくスポーツに勝敗はつきものだからこだわって当然だが、そのことなしには熱中できぬとなるとやはり問題である。緊迫したゲームというのは勝利をめぐってきわどい攻防ということだろうが、点差が開いてしまえばもう充実したよいゲームは期待できないということなのであろうか。それではスポーツは興味本位の楽しみごとになってしまおう。私はどのゲームにも人を感動させる可能性はあると考える。美しいスポーツの展開がありうると考える。私はよき試合美しい戦いとは、両チームが共にやりがいを十分覚えたゲームだと思う。勝者も敗者もそれぞれに発展し伸びえたゲームだと思う。そこでは勇気も忍耐も不可欠だ。外野手がきわどい飛球をとったとき審判はアウトを宣したのに、当の野手が球はすでに地についていたと申告するのはどうであろうか。ファンや仲間にひどく憎まれ罵られようが、そこにいた多くの人の心に一陣のさわやかな風が吹きこむことは確かであろう。私は英国の著名なラグビー選手が、老いて生命を終えるときに、自分のあのトライは誤審だったと告白したという話にも感動した。だれも彼を非難できまい。

今オリンピックがいろいろ話題にあがってくる。スポーツ好きの私だから見るのはたいへんに楽しみだが、だから自分の国でぜひやってほしいと思ったりはしない。それにいわゆる規模の巨大化も問題だ。平和の象徴として存在しているのは結構だが、それでももっとさわやかであってほしいと願う。選手がこちこちになっているのもかわいそうだ。もっとゆとりをもってのびのびと楽しくやれないか。応援のしかたがよくない。もっともたとえばなでしこのように長い長い間陽の目を見なかった弱小競技の代表が、その競技の浮沈をかけて必死になるのは同情できるが、そもそもは国というものにこだわりすぎるのがいけないと思う。私は昔から表彰式での国歌や国旗はやめるべきだと考えてきた。そういう考えでは催しは多分少なからず衰えを見るだろうが、それでも成り立てばこれこそ人類のためのスポーツ祭典だと思う。世界の暗い未来にいくらかでも光をもたらすことができると思う。そこには勝利至上の克服があって、勝負よりむしろプロセスが生きてこよう。おそらく失敗も評価されて、名誉ある敗者が次つぎ出てくるだろう。国を越えての純粋な人間のつながりこそ、そもそも五輪の精神ではなかったか。人間不在こそがわざわいの源だ。

（二〇一三・三）

わが少年の日

人は成人してからも、いや老年になってからさえも、子どものころの自分がなお生きていると思うことがある。むろんよいこともよくないこともあるが、とにかくそれとかかわりをもって生きたことはいなめない。往時をふり返る機会があったのでスポーツのことに限るが少し書いてみる。

私は大津市の女子師範附属に入学したのだが、幼稚園にいかなかったためか、入学式の日廊下で泣き叫んでどうしても教室に入れなかった。おとなしくはあるが何ともひ弱で、社会性の欠けた問題児だったのである。それでも大正自由教育で鳴らした受持ち西村久吉先生は心遣いしてよく面倒をみてくれたので、無事一年を過ごすことができた。しかし二年になると父の転勤のために、今津小学校（現西宮市）という甲子園球場にごく近いところに転校してしまう。あいかわらずで二年生は何とか過ぎたようだが、三年になると野球に興味を覚えて急に元気が出てきた。とにかくそれから卒業までは学校皆勤なのである。それまで野球は人まね程度にしかやらなかったと思うが、どういうことからか甲子園球場へたえず遊びにいくようになった。当時は旧制中等学校の球児たちが毎日のように試合をしている。土日には名古屋とか広島とか遠地の有名校もやってきて観客を集めたのだが、私はふだんもランドセルを放り出すとすぐ出かけた。球場と家は逆方向にあるのだが、学校からはどちらも十分ほどの距離だった。

ここがまことにおかしいのだが、その球場通いにも仲間が全くいないのである。私はそのときから老いた今まで野球見物は無数といってもよいほどなのだが、それがつねに一人で出かけているのである。考えながら見るには人は邪魔だ。四年生のころ京阪地区の球場にいった覚えがあるが、これも一人だった。どうしてこんな小さな子が一人で遠い球場にいくのか。これがわたくしを理解していただくときの大事なポイントである。それだけではない。甲子園には春と夏中等学校（現高校）の大会がある。わたくしは毎回それが楽しみで、特に四年か五年の夏大会に日参して、始球式から決勝の最後まで一球残さず見たことがある。毎日朝から夕方まで菓子パン一つと水だけで烈日下のうだるようなスタンドに坐るのである。内野席に続くアルプススタンドは無料で早くから満員になるが、試合開始近くそこにもぐりこんでもちっぽけな小学生はかならず坐らせてもらえた。私はそうして六大学野球プロ野球の名選手たちの若き日の姿をどれほど見たことだろう。いや野球そのものに対する見かたも格段に深まって、さまざまな場面を心に焼きつけた。勝敗ももちろん関心事だがそれ以上に野球そのもののおもしろさ、そしてプレイの奥にあるものを、いや人間自体をさえ見ることができた。後にも言うが、その点でひとりであることは実に大きかったのである。その八日間私はスタンドで全く口をきかなかった。ただ見つめ、聞きそして考えるだけだった。そういう私を教師も友も全然知らなかった。親はよく許したと思う。それがわが家の風だったが、一片のパン以外出費は皆無だったのである。

（二〇〇九・一）

以上私のまことに異常というべき甲子園通いが心身に大きな影響を与えたことを述べたが、実はそれだけではなく実際の野球技がまたわたくしを心身ともたくましくしてくれたのであった。四年生になるころは近所の友だちと放課後盛んにやっていたのだが、しだいに年上の中学生まで仲間になってくる。内気でかよわい子がどうしてと今思うのだが、私には一念発起して得た秘密兵器があった。とにかく下手ではすぐ仲間外れだ。私は自分の家で、といっても貧弱な借家だが、階段下から階上の壁に向かって球を投げ、それを片手捕りすることを始めた。ボールはテニスの軟球だと弾力があり、小さな指でも十分扱える。左手は毎日千を超える捕球だった。それが何ヶ月ということになるともう何万以上の回数だ。不思議なことだがいつか全く失敗がなくなった。それも投げる姿勢でとって瞬時に投げ返す鮮やかなわざ。ついに壁に当たった瞬間眼を閉じても、見えぬままちゃんと片手どりできるまでになった。こうなると実際の野球では少々の悪送球だけでなく、フライもゴロも完全にミスなく鮮やかにさばける。グラブに固い球ならいっそう楽だ。あっという間に草野球では重宝される子になってしまった。野球は好きでも今までプレーに自信がもてなかったのがうそのようで、ちっぽけな身体でも確信にみちていきいきしてきた。どういうわけか打撃もうまくなったし、投球にもスピードがついてきた。これではもう夢中にならずにはいられない。

しかしここでかんじんなのは私のこの貴重な捕球練習が、だれにも知られず教わらずの独行で、家族もただ球投げを熱心に楽しんでいるとしか思っていなかったことである。その突然の成果は仲間を驚嘆させるものだったが、そのプロセスを私は全く口外しなかったから、はるか後年までだれも知らなかった。もちろんそのくらいの技は野球を志す人ならそう珍しくもないのだが、運動得意とはいえなかった小さな子が、ごく短い間にただ一人でなしとげたことはわれながらおもしろいと思う。はっきり言えば、それならどの子にもできるということだった。ただ一つ一つ考えながらやるということだけは条件になるが。そのとき身についた技は大人になっても十分役立って、野球をするごとに優越感が味わえた。つまらぬことをつけ加えれば、投げ上げた頭上のフライの落下開始を見定めると、あとは眼を前方に固定したまま左手を高く大きく頭上で旋回させるだけで確実に片手どりできるという離れ業も、老年まで健在だった。今日でも壁からはね返る球を左手の逆シングルで流れるようにとらえることには、そう失敗がない。ほんとうに身についた技が何十年後でもすぐよみがえるというのは、ごくあたりまえのことなのであろう。この独得の習練で私が得たのは、要するにダイナミックな柔軟性だった。

飛球のサーカス的キャッチも、まさに生きたタイミングの問題だった。

このようにして野球は私に自信を与えただけでなく、多くの教訓を授けてくれた。五年生のとき近隣の野球有名校の野球部員という中学生投手のスピードボールを、必死に捕球した情景は今も忘れない。とにかく普段やりなれない硬球だし、まことに恐怖だった。年上の大きな子もみんな逃げて、私ひとり負けん気を出して残ったのだった。どれほどの球数だったか、震えながらそれでも最後まで耐えた。そのときのことを思うと、戦争の場だってそうこわくはなかった。だからこのやせ我慢はわたくしを疑いなく育ててくれたのだと思う。人間にはとかくおかしなことが役立つものだが、このことは明らかに野球の恩恵だったにちがいない。

私は体力が貧弱だったため野球で手の指を微妙に使ったように、サッカーでも足先の技、変幻自在のドリブルをＦＷで得意とした。野球での守備位置はショートが多かったが、塁上で送球を受けるやいなや目にもとまらぬ速さでふり向きもせず一塁へ投げて重殺を成功させる。長じてもそういうことに自己陶酔することが多かったのだが、それでは多少人を驚かせえても、真剣に強壮な体力をぶつけ合うきびしい試合では結局使いものにならない。中学校ではクラス一の軽量だったから、いくらか技は切れてもついに運動部に入れてもらえなかった。神戸一中というその学校は文武両道で世にきこえ、野球では甲子園出場すれすれ、サッカーでは全国でつねにトップを争う強豪だった。そのおかげか高校ではしばらく蹴球部に属してインターハイに出てはいる。——がとにかくこういう軽妙せん細本格不適のありようはまず遊びの世界のことで、大切な勉強やしごとにまでそうした弱さが出ては困るのである。とはいえ野球で私がいろいろきたえられたのはまぎれもない事実だ。それがなかったらわたくしの人生ははたしてものになっていたかどうか。

私は投手としてはアンダースローを得意とし、打撃は左右両打ちだった。こうした変則のプレーは還暦を過ぎてもなお通用したが、この小器用といわれかねない技と最初に述べた考える野球とが、どういうわけかごく自然に共存している。それも柔軟性の一端だといってしまってよいのだろうか。私は自分が正面に置いた教育という問題を、理論と実践の統一という角度で性こりもなく追いかけたのだが、そこにはあるいは野球の場合と似たものがあったのか。野球における実践には奇妙なほどこまかい技術が働いているが、教育における実践にもそれらしいものがあるのかどうか。もしあったらよいのか悪いのか。私がくふうした野球技術に、柔軟に視野をひらくということが基本としてあるとすれば、いくらかことが見えてこよう。そこには自然に奥行の生まれる動的安定があるからである。いやそれのみでなく、真の応用の基底になる得がたいセンスさえもあるといっては勝手すぎるだろうか。

（二〇〇九・三）

戦争とそのころの私

高校時代私のいた私立武蔵高等学校の生活は、英国好みの校長のおかげで戦中色がいくらか少なかったといえるであろうか。粒も育ちもよいがのんびり成長した級友たちで、私はいくらか年かさであったから、なんとなく長者らしく過したように思う。さっそくサッカー部に入って、インターハイの中心メンバーになったりした。運動部の生活は楽しかったが、本が思うように読めなくなるのは困る。結局一年半ほどでやめてしまった。もともと旧制高等学校の生活とはそういうものかもしれないが、時局とは遠く離れたところで私たちはなお青春を楽しんでいた。私はロシアを主に外国文学をたん読し、一方短歌の勉強に身を入れた。万葉に夢中になるとともに、いっぱしさまざまの歌論もかじった。かと思うと牛込矢来町の家からほど近い神楽坂あたりの小さな映画館にときおりひとりで出かけては、洋画の「格子なき牢獄」や「舞踏会の手帖」をなんどもなんども見た。今もなおひそかに充実感を覚える若きよき時代であったと思う。そのころの東京が、町としてもいちばん懐かしい。市電の切符は何回でも乗換えがきいたから、いろんな場所を通って上野の図書館へ通った。そのようにしているうちに日米開戦の日が来てしまった。その朝の人びとの顔は異様に輝き、この人がと思われる学者の教授まで、緒戦の戦果に浮わずっていた。私の父は根っからの自由主義者で反軍的だったから、家のなかは反対に意気あがらぬ感じだったが、この不幸な開戦は私の運命に大きな変化を与えることになった。

高校の生活を重ねるうちに、私は大学で哲学を学ぶ志望を強めていた。いや哲学以外はやりたくないとさえ思いつめていた。しかし、当時の家庭での経済状況から、長男である私はどうしても周囲にその支持が得られずにいた。やむなくば大勢の級友のように東大法学部にはいり、法哲学でもやろうかと心を弱くさえしていた。しかし戦争がはじまったとき、反対していた父は突如急転して私の希望を認め、京都の祖父の説得にも努めて京大哲学科にいくことを許してくれたのである。息子は生きて還るまいという思いが、父の心をゆさぶったのであった。

戦争中の京都の町は静かであった。大学の生活は短かったが、落ちついていたと思う。武蔵の同級から永井道雄君がいっしょにはいったから、形影あい添うごとく近辺を毎日のように歩いていたと思う。歩きながら論じても論じてもあきることがなかった。ふたりはたまたま後に教育にかかわるしごとをするようになったが、友情は今もこく続いている。

大学は短縮された上に徴兵猶予はなくなり、私はわずか一年半で大学を去ることになった。やせて小さくても徴兵検査は第三乙の合格で、いわゆる学徒出陣の入隊ということであった。陸軍ではいちばん知的な面をもつといわれる高射砲部隊に入れられたが、兵隊の生活が知的であるはずはなかった。東京祖師ヶ谷に本部のある連隊なのに、初年兵配属は群馬県太田、赤城おろしの吹きすさぶ厳冬の新兵生活は言語に絶した。代々木、馬絹（川崎市溝ノ口付近）と幹部候補生教育は転々として、七月に千葉稲毛の高射学校というのに入校、ここに半年余いて一応の仕上げになる。ときに昭和十九年の末、戦局は日に日に悪いのである。ここに入れられる全員が学徒兵であった。

出征の意味づけに窮し、わが哲学魂を試さんために死地におもむきたいと願った不遜な私だったから、日夜鍛錬されても忠勇義烈というわけにはいかない。しかし日本民族が滅亡の渕に立つという思いは、悲壮感となって強く心に迫った。共にいる戦友たちのいのちも、もはや長いとはいえないのである。軍部ぎらいの心情には一厘の後退もなかったけれど、さんたんたる敗勢にあってわずかでも同胞のためにつくしたいという思いは、ためらいなく戦雲のなかにわが身を沈めることを決意させた。もともと身はすでに軍のなかにとりこめられているのである。

在校生は中隊を六区隊に分けられていたが、あるとき中隊歌をつくる試みがあって、どういうわけか私がその任にあてられてしまった。最近四十余年ぶりにその記録が出てきて感無量、心が強く痛むおもいである。私は当時人麿の長歌を愛誦していたから、「小仲台秋の歌」というその歌の冒頭は、人麿調の美辞でできている。比較的さしさわりのない後半を記して、その情調をつたえたい。

(五)

虫鳴き星照る小仲台の
月影さゆらぐ秋の夜半を
たづさへ歩みしその思ひ出
などかは忘れむ相離《さか》るも
時は来ぬ友どちよ
結ばずや滅ぶなき永劫《とわ》の世に

(六)

漂ふ光に秋は深く
真澄になびかふ雲のそきへ
静かに諸手を胸におきて
不惜《ふしやく》の運命《さだめ》に思ひ馳せむ
時は来ぬ若人よ
望まずや日の本の国はたて

(七)

生死《しょうじ》の境はすでに遠く
御《み》国の鎮めと捧げまつる
さやけきこの身をわが父母
久遠のいのちと永く思へ
時は来ぬ諸人《もろびと》よ
行き征かむ我が路の尽くるまで

この歌は中隊でも第一位を得たと覚えているが、やがて中隊長の部屋へ呼ばれたので行ってみると、「歌が暗い」といって案外ご機嫌がわるかった。この中隊長は敗戦の時伊勢で自決したときく。若気の恥ずべき旧作の歌まで披露したのは、当時のふんい気を若干再現するためである。歌詞が暗いのはあたりまえであった。死への旅路の歌、おたがい鎮魂の歌であった。こうして兵たちは死んでいく。反戦など夢にも思わず死んでいく。軍も戦争も大きらいな人間が、このようにしてほんとうは心ならずも死んでいく。

そういうことが今の若い人たちにわかるだろうかと、私は思う。反戦は正しい。国と国とが戦おうとするとき、もちろんそれにあらがうことはできる。あえて銃殺されることもできる。でも家族は無事でいることができるか、無数といってよいほどの手かせ足かせが、人間をはばむことにはならないか。そして自分の意識すらが、しぜんに変わっていくのをどうすることができるであろう。戦争は人間をがんじがらめにする力をもっている。いや応なしにそこへひきずりこむ力をもっている。

戦争は恐ろしい。それを根絶するためには、臆病なくらい慎重なくふう、努力が肝要だ。勇み肌のかっこいい、あきっぽいのはだめだ。地道に根気強く自己満足を徹底的に捨ててかからねばだめだ。小仲台の月影を思いうかべながら、「いいやつはみんな死んだな」と私は思う。私だけでなく、生き残ったやつはだれもがそう思わずにいられないのが、戦争なのだ。のっぴきならぬ死の前に地肌をさらす兵士にとって、英雄主義ほど無縁のものはない。

戦争は絶対にいけない。戦争がはじまったら、人間は変わってしまう。自分が変わるのをくいとめるだけの力をもった人間はいない。そのことを直視するのは勇気がいるだろう。私は死と生のあいだで、どうあっても割りきらぬということをとくと学んだ。割りきることなく徹底して人間存在にまといつくことだけが、戦争を防ぎとめることができる。私はここに若いかつての私の弱さ、卑小さ、不徹底をあえてあからさまに書きしるすことによって、今の若い人のためにいささかの手がかりを供したいと願った。戦争で死ぬことはやさしいことである。思いきりをつけてしまえば、もうそれでよい。諦めるか興奮するかしてしまえば、死というものはこわくない。しかしそれで人間はよいのか。人間の生と死はそれでよいのか。これだけの人間の生きている世界というものは、それでよいのか。

昭和二十年三月私は南京城外揚子江のほとりで、母の死を知らせる祖父の葉書を読んだ。私が戦争について死について、そして人間について、自分の底の底までゆさぶられ思い知らされるのは、このときから一年足らず、焼け野原の東京へ復員帰国するまでのことであった。

（『未来にいかなる光を』一九八八年、黎明書房刊所載）

その卑劣は許しがたく

兵として大陸の戦野にいたとき権威権力の空しさとともに殺人を正当化して強いる国というものの悪を身にしみて知ったことは、くり返し記した。それが今日までの私の生きかたを規定したことも改めてここに言い加えたいが、今はなぜかあのころのなまなましい現実に向い合うような思いなのである。私は当然のように国家で成り立つ世界のしくみを憎んできたが、それで一つの国のなかにいる自分をどうできたわけでもない。いつも権威権力と対立する立場に身を置くようにしてはきたが、省みて満足と言えるような思いは全くない。国のくれる位階勲等のごときは無視したし公の賞も受けていないが、そんなのは些細のことだ。せめてとの思いで世界破滅の急接近をあからさまに強く説いているのだが、想定外が支配しまくる未来のすさまじさを思うと、それはささやかなつぶやきにすぎぬ。そう思い知れば今まで己のなしえたことなど数えるも恥ずかしい。そう考えてただ一つ救われることは、原爆の洗礼の上に深刻な大災害にもおびえる日本という国が、戦争放棄をあえてしえていることだ。それは真に世界に誇りうる勇気あることだった。しかし今悲しむべきことに、世界の平和のためにあえて裸身をさらしたその覚悟を、ただ国が守れそうだというずるいきれいごとで崩し去ろうとするたくらみがある。たしかに当面のみの無事はその企図強行で一応保てようが、そうしたきれいごとが今世紀ではもはや長く適用せぬという真実をたくみに押し隠しているのである。戦争放棄しえた日本人がなぜかつてのみごとな覚悟を今毅然として世界に主張しえぬのか。苦しいこと面倒なことは逃げて先送りというずるい姿勢では、人類の前途には地獄しかない。

私は己の国を、日本の人間を嫌悪したくない。が国を愛する故に次の二つの卑劣は何としても許せぬと思う。戦争は兵と兵との殺し合いで、国家は当然のようにそれを推進し賞揚さえしてきた。今はそのことは問うまい。しかしかつての戦いのとき日本兵はとくに中国で、罪ありといえぬ非戦闘員に暴虐の限りをつくした。暴行略奪放火惨殺、その数の多さにはただただ声をのむ。だが私がここで言いたいのはそれだけではない。その日本人たちはいかなる理不尽を働いても責めは問われぬと知った上での非行だった。何という卑劣、底ぬけのずるさ。日本人とはそういう生きものか。もう一つ言おう。そういう兵たちは無事故国に帰りつき、そこでそれぞれの生を享受し全うすることができた。終始虫も殺さぬような顔で尊敬されるべき夫として父として祖父として。かれらのほとんどはついに何も語ることをしなかった。告白はなくて終わった。かれらが戦争について語りたくなかったのは良心のためであったのか。いやそれともやはり徹底したずるさのためではなかったのか。この二つの卑劣を思うとき私の心はさすがにふるえる。かれらは特殊な日本人であったのではあるまい。とすれば私のなかにも同じ卑劣な血が流れているということなのか。戦争が人を狂わせたとせめて思いたいが、古来人類は戦争というものをたえずくり返して、決してあきなかったのである。

（二〇一三・一一）

文について

『沈まざる未来を』の校正には、それも特に短歌・詩・俳句の校正にはずいぶん執念をもやしたのに、やはり少なくとも一つの誤植を生んでしまった。一八八頁の「流氷の音絶ゆといへり寂寥はおのもおのもの老いのかがやき」という歌の出だしが「流水の音絶ゆといへり」と誤っている。氷と水、ほんの一点のことだが、情景が全く変わるだけでなく、誤植の文がそれでもなんとか通用するから、すなわち読む人が誤りと気づきにくいから、たちが悪いのである。手の打ちようがなくて諦めてしまったが、今もくやしい。まあこういうのではまださしたることにはならないのだが、運が悪いと誤植も大きな事件をひき起こすことがある。念に念を入れねばならぬのは、当然しごくのことであろう。

このように校正は責任の大きいしごとだから、長時間続けるとたいへん疲れる。「私はいつまで生きていてよいのか」という本は、大病後まだ相当弱っているときに校正したので苦しかった。著書の場合は大量を一気に校正せねばならぬので、たいそう重い負担である。十分努力したつもりだが、いくつかミスが出た。こんどの本の短歌は絶対にと思っていたのに、やっぱり失敗する。力を入れたものほど悔いは大きいのである。校正はむろん重ねるほど安全だから、他人にも頼んでと思うがなかなかそういうわけにはいかない。

しかしこの面倒な校正というものを、私は実は嫌いではない。やって楽しい場合も多い。ずっと昔文部省で教科書を作っていた若いころ、同僚の原稿を校正したのだが、これが誤植以前に文章自体があまりよくない。やむなく手を入れていくと、たいへんではあるが、おもしろくもある。とはいうものの意味がよく通ずるように直して、しかも行数を増やさぬとなると、これはなかなかに技がいるのである。そういう場合にはもう時間も何も忘れて打ちこんでしまう。誤植の直しと文章改めとは全く別種のことだが、編集者というのはふつう両方を兼ねなくてはならないのである。やっとはみ出た一字をうまく処理できたなどというときは、大げさのようだが生きがいを覚えるものだ。それも自分流の文体にしてしまえばことは簡単だが、そのへんがまことにデリケートなのである。もともとの書き手が不快になってしまっては困る。

私の文章は仮名が多く漢字が少ないから、分量はふえるが、いざというとき手を入れやすい。漢字ばかり書きつらねた文が行からはみ出たりすると、縮めようがないのである。もっとも私の場合とて、漢字と仮名には自分なりのルールがある。やたらに漢字に直されるのは大嫌いだ。文は締まってきても固くなってしまう。短歌では同じ語でも、その折りごとに漢字にしたり仮名にしたりする。それは意味のとりやすさで考えるが、感じのやわらかさや見た目の美しさによることもあるのである。同様に散文でも時によって漢字仮名を使いわけるが、それを編集者などが一様にしてしまうから腹が立つ。統一するのが常識だろうからたしかにわがままだが、それが個性ある文章というものである。特にわたくしは自分のリズムが生きない文は書きたくない。原稿でも手紙でも私はペンで縦書きに流れるように書いていく。ある女流書家が筆圧ゼロと評した字をつないでいく。そうしないと自分の文章らしいものが生まれない。横書きは一切だめだ。自分の思想がずたずたになってしまう。

コミュニケーションの手段の機械化がどんどん進んでくると、原稿書きも何もこちらは守勢一方だが、ペンと紙との独特の接触から文章はわいてくるのだから、私の生きようは死ぬまで変わることがない。人には少なからず迷惑をかけているだろう。まあ肉筆の方がプロセスも含めて、なまの自分が出るということもあろうから許してもらいたい。たしか尾崎紅葉だったか、原稿は次つぎ訂正文をはりつけるために一枚が分厚くなったということをきいたが、ワープロでそういう煩を一掃すれば、能率よく事がはこぶということだろうか。手間ひまにこだわるようだが、書いては消し、また書いては切りはりする間に、想が練られ進むということはないのか。元のものを眼前から消さぬままになお沈思するというあたりも、案外貴重であるかもしれない。まあこれは育ちと習熟によることだから、どちらがよいなど簡単には言えまい。

文章はいわゆる名文などというものを目ざしてもあまり意味はない。ただおだやかな個性はほしい。わざとではなく自然に生きている個性である。何度か読み馴れると、ああとすぐわかるような文の感じである。その人がすぐそこにいるような感覚。そういうことを思えば、たまには自分の文章も立場を変えて客観視してみてはどうか。改めたりくふうしたりする余地はいっぱいあるであろう。私は文章には流れと奥行がほしいと思っている。流れがあるとはスムーズだというだけではない。自然に読み進むことができるような何かだ。それは調子がよいということではなくて、読者にそこへ分け入ってみたいと感じさせることだ。そうできるためには実は奥行がいる。個性と立場をもった読み手が入りこんでいく場がいる。そうなるともう書きかたは違ってこずにいない。何よりもまずうまく上手に書こうとする気持ちを捨ててかかることだ。むずかしい文字や言葉など避けてもいっこうにかまわぬのである。メールなら面倒な字も楽に使えると思うであろうが、それが文に生きるのはそう簡単なことではない。一つ一つの文字、言葉は文の地、すなわち流れと奥行のなかにダイナミックに生きているのである。散文でも起承転結は考えるべきことだと思うが、文中の語はもっと細微にわたっていきいきと呼応し合っているのである。そこに自然にバランスが生まれるというのでなければ、英知とも真情ともはずれてしまう。

（二〇〇九・七）

九十路はよろめきおれど

一　さらけ出せ弱さも苦しさも

八十代ではそんなこと思ったことはなかったのに、この年になると何か別の世界から世の中を見ているように感ずる。そこで私の九十代についてすこし考えてみる。八十代は末まで張りのある生活をしていたと思う。米寿の年最後の本を出し、八十九では岩波文庫の編（西田幾多郎歌集）をした。そこに書いた文章は校正のプロにも老練の歌人にも美しいとほめられたから、まだまともなのであろう。教育哲学会で私の聞き書回顧録を出してくれたのもその年だった。いろいろとにぎやかなまま満九十になったのであったが、その翌年秋がこのたびの大病（腹膜手術）だ。まあよく助かったものだが、正直もう死は遠くない。九十になったころ多くの人からまだまだ大丈夫だとか、しっかり長生きせよとか励まされたのだったが、見かけだけは今もそう変わらぬようなのに、弱りは否みようがない。

しかし死が近いということはたしかに不安で事に身を入れこみにくいにはちがいないが、反面どこか救われる思いがあるのも事実である。どれほど事に絶望し悲観に落ちこんでいても、何とかもちこたえることができるからである。とにかく死までがんばればよいのだと思う。どうなろうとそれまでのことだと思う。それははっきり言ってずるいことなのだが、まあ高齢者の特権だと言えなくもないであろう。私は自分の身体の保持には全く自信がないが、それだけ見切りはつけやすくなったように思っている。九十代でも発らつとしている人が少なからずいて結構なことだと思うが、私などにはうらやむ気持ちがない。それだけ九十代の日々の具体的なつらさを身にしみて思うからなのだが、そういうことに無縁な人たちはいつまででも生きるがよかろう。そんなことを言いながら私は、これからの自分の生とその終わりかたについてときどき考えこんだりするが、そこにある思いは思いのほかまっとうなのかもしれない。とにかく、人類の未来の運命について心を悩ますことが弱くなればもう生きているかいはないということが根底にあるからである。

とにかく高齢化がこう進んでくると長寿の価値はさがる一方だし、むしろ社会の問題としてすこぶる深刻化してしまった。その上正直いって今の日本にも世界にも無理に生き続けるだけの張り合いはなさそうなのだが、それは別として自分の生きぬいてきた道をつらぬきたいというわが欲は強い。といってもむろん限度はある。心身弱ってはどうにもならぬ。長命を願ってくれるありがたい志も、かんじんの私がボケて正気を失えば厚志への裏切りだろう。私は軍隊のときの臨死体験と昨年の入院と二度死んでいるから、近く三度目がきても何の気がかりもないが、できれば正気のときに淡々といきたい。その舞台として九十代というのはおもしろい仕掛けで、だれも早すぎて惜しいなど言ってくれまい。ごく自然に消えるべきものは消えていくのである。安心立命などという必要も全くなくて、神も仏もいない世界である。しいて言えば、この世にはもう少し幸せになるべき人が少なからずいたという悔いが残るが、これはもうしかたがない。そして人類最後の運命は正直なところどう見ても明るいものになるとは考えられないのである。

こういう自分にも刻々と衰えゆく生命をふりしぼって努めていることはある。それはやはり自分の思想の発展だ。ずれという動、相対という動が世界の根底を支えているということの実証だ。もう力も機会も乏しくて茫々として考えにふけり、ときに句作したりするだけだが、時間はぜいたくに使える。俳句を作って四年ばかり要領は多少わかってきたが、もうそこで俳句から逸脱しそうである。たとえ句らしい句は捨てても、対象と表現とのずれでとことん勝負したいという思いが強まってきた。自分をあからさまに出して、それをどこまで徹底してたたけるかということである。句に楽しさやおもしろさはいらない。何かに託して述べたりせず、ひたすらしがみつくように自分を追いつめたい。短歌は抒情や思考を奥深く表現することができるが、つばぜり合いのように自分と勝負するとなれば、これは俳句が得手だ。勝負は自然を詠んでいてもできる。気づく人はきっとそれに気づいてくれよう。そういうのを邪道だとする人の多いことはわかるが、それでは五七五の語型があまりに惜しい。せっかく思想が澄んだ花火を散らしているというのに。

九十代は集中力に衰えがあるから、歌も句も引きしまったのができないのはあたりまえだ。しかしおもしろいのは人間の終着駅である九十代までを現実に知っているということである。その上で勝負しているということである。むろん若年でも卓越した詩人がいるのは周知だ。むしろ老い深き者にはまともな詩ができぬのが真実であろう。でも味わうとなれば九十代は決して負けていまい。九十代は人間として得がたく個性的でありうるのだ。あなたがたはまだご存じないのよと七、八十の人に言うのは嫌みだが、九十を過ぎてなお表現の力ある者はとにかくがんばらねばなるまい。ほんとうは社会はその力をもっと生かすべきだ。われわれはせっかく九十まで生きたのに、自分をきれいごとで逃げさせたくない。醜く弱くてもそれを赤裸々にさらけ出したい。飾ったりすればもう何の意味もなくなる。年寄りはとかく自己防衛のために偽わることが多いようだが、なんといういじましさか。弱いなりに弱い、苦しいなりに苦しいと言えばよいのだ。もっと長く生きさせてほしいと強く願う人は事実そう多くないと思う。いなおるわけではないが、もうほとんど失うものはない。この居心地はほんとうのところそうわるくない。

（二〇一二・五）

二　少憩について

老いのことばかり述べて申訳ないが、少しでも心に留めてもらえればと願いあえて書く。前にも言ったが私は外出しても全くののろのろ歩きで、それもしばしば腰をおろして休まねばならぬ。垣根のすき間でも石垣の隅でも遠慮なく利用させてもらうが、通行の人には目ざわりでも、そんなこと構っていられない。でも閑散とした道ならともかく、繁華な通りではさすがにやりにくい。見っともないというより整然としていて腰かける場がないのである。歩けど歩けどない。高齢化社会で老人の往来も相当多いはずなのに何としたことか。わが店の前には邪魔物無用ということであろうが、かっこよい形で腰掛けが設けられれば魅力が増すという考えは全然浮かばぬのか。東京の銀座もこの種の配慮を欠くのはまことに遺憾だが、そういう智恵が出てこないのは、誇張のようだが文化の貧困だと思う。むしろ地方の都市で目ぬきの通りにうまく休みどころが造られているのに出あうと、想像力の豊かさを感じて心あたたまる。どうやら日本人は勤勉の性なのか、いっときの憩いを生かす心くばりに乏しいようである。老人福祉の掛声は大きくても、年寄りの切実な悩みへの共感はさっぱりだ。街のところどころに気軽く坐れる椅子があるのが常識となれば、それだけでも老人の生活は活性化しよう。坐りたいのは数分だ。椅子の数はわずかでよい。

街のなかに坐ってみると、歩きながら見たのとは違った世界がある。あそこにあんなものがあり、人はあのように動いている。季節の移りはむろん、世界の変化も実感できよう。わずか数分の休憩でも案外意味のある発見が可能だ。近隣の人への思いやりや町づくりの構想にもかかわる問題だが、せっせとしごとに励みながらちょっと間をとる姿勢が大きな意味をもつことを考えるべきである。休みとは長い有と有との間の短い無ではない。ほんとうは有を生かし大きく変化させる貴重な無だ。ときどき休むことを軽く見てはいけない。いつどう休むかはきわめて重大な個性的問題である。弱者ゆえに、また怠慢ゆえに休むのだと考えるのはまことに軽薄だ。

私は歩く姿もだらしないが、乗物にのる姿もだらしない。リラックスといえば結構だがとにかくだらけているのである。それは実は若いときからで、ぴしっとした姿勢が苦手である。軍隊ではそのためにどれほど苦しんだか。整列のときせっかく姿勢を作っているのに、眼が動いていたといってぶんなぐられた。しかし言訳だがそんないい加減の姿勢でいても、いざという対応の俊敏さでは決して他に負けていなかったと思うのである。リラックスは私にとってエネルギー維持であり充実だ。運動神経もわりに鋭く働いてくれる。世の中はだからといって許してはくれぬが、老い深くなると少々の不行儀は容認してもらえそうで助かる。

私は若年から腰部の神経痛を病み、四十代五十代とくにひどかったのだが、そのせいで姿勢の悪さはさらに進んだと思う。六十を過ぎて腰の痛みはうそのように去ったが、行儀悪さだけはまさに健在である。椅子に正しく坐るのはまことにつらいので、腰を前にずらしてやや斜めになっている。その方が安定する。私はもう長い間日常生活もベッドが多くて、手紙や原稿も斜めに少し身体を起こして横たわったまま書く。読書はむろん仰臥。考えてみると机で執筆したのは五十歳以前だ。今までそんなふうにして書いたものを人は知らずに読んでくれている。しかし私にはそれが正式だ。ベッドで書いていると、想につまっても天井をにらんでゆっくり沈思できる。この上なく楽な姿勢だから発想も自由だ。休みの活用もまさに思うまま。私にとって横臥は休養かつ活動なのだ。文章について文句など言われたことは全くないが、その産出過程は自分だけの秘密だ。

（二〇一〇・九）

三　ある奇妙な笑い

「九十路春ひとり来てまたいつかひとり」この句で九十代のさびしさを歌った。老残になるとどうしても人の訪れが遠くなり孤独感に悩む。とにかく用件をもたぬ客が少なくなるのはさびしい。もうにぎにぎしさは無縁であたりまえだが、それとなく人に飢えるということなのだろうか。生きた世間から離れるという感じもある。私はごくしばしばスーパーに行くが、品物をいっぱい籠に入れてレジに並んでいると、ふと世の中の真中にいるような気がする。だれも知った人はいない。だれもわたしを知らないだろう。これが世にいるということだと思う。実際私はそこで今の人間のありようや世情の変化を感じとるのだが、それは思いのほか貴重のように思えるのである。事実私にはこれまでもずっとそういう生活があったのだが、九十代を進むとその実感がさらに深い。遠出の講演も楽しいが、買物の帰り年寄りに優しい区の小バスに乗ろうとして見知らぬ人に助けられたりというのはそれ以上楽しい。杖にたよってのろのろよろめき歩くのはつらいが、それでも独りで自由に出かけられるのが何ともすばらしい。時にくる客には相手の言葉がよくきこえぬまま一方的に何時間でもしゃべって楽しんだりするが、人にあまり知られていない奇妙な自分がそこにいきいきといる。それも九十代ということだ。

　九十代について気がめいるようなことをなぜくどくど言うか。それはふつう触れぬままになっている楽屋裏を知ってもらいたいからである。上品になど言いようもないが、とにかくもうじたばたする気にはなれぬ世界がそこにある。死はまさに眼前にあるが、そう思ったからとて暗くなどならない。正直いえばやっと面倒が終わるかという思いである。死に際しての痛苦はむろん歓迎しないが、不運にそうなっても早く終われと念ずるだけだ。世界中にいる弱く苦しい人たちにわずかでも幸せをと願うにしても、もう完ぺきに無力なのだから自己満足のし放題だ。まだ生きるつもりの人に訪れる突然の死とはそのへんまるで違う。諦めとか悟りとかそんな品のよい思いは蹴とばしてただ淡々だ。でもそんなえらそうなことを書きつけても、いざというときの正体はどうだかなと疑う人が少なくないと思うと、我ながらおかしい。

私は幸か不幸か老後のための施設にいる身ではない。かといって自由に安全に楽しく暮らせる身でもない。老い衰えた夫婦が乏しい力をしぼってせっせと働き続けねば保てぬ暮らしである。もちろん子どもの助けはあるし福祉の援助が得られることはわかっている。しかし人間は思うように生きたいという欲もあって、もう明らかに死が間近いのに自分らしさを失った生にはみすみす落ちこみたくない。でもそう思うと老残の病躯はもう必死だ。みずから求めに出てヒレ肉だ刺身だとそれでやっとしぼり出した力で、夢中になってつとめるうちこつぜんと死が来てくれぬか。さげすまれそうだがどうしてもやはり死を待つ気持ちがわいてくる。死が待ち遠しくなる。いくらか楽しいものとして待ちたくなる。いや考えてみると人生というのはおもしろい。人間という生きものもなかなかおもしろい。老残こんな泣き笑いがあるとは夢にも思わなかった。いや笑いごとではないが、どうしても笑わずにはいられない。それは九十代でしか出てこない笑いだ。

（二〇一三・一二）

孤独とわが十一面と

九十路《くそじ》春昨日きし人今日もきて　心弱りしかさしたることもなきをも思ひにとどむる
九十路春ひとり来てまたいつかひとり　さしたる用なきままに訪れくれる人の数へりぬ

両句ともに平凡この上ない内容だが、それが句になるのは奇妙かもしれぬ。作句にはやはり思い入れがあった。橋本輝久さんは前書のないままのを一見してあの世的な感じをもたれたという。私はそこまでは思っていなかったのだが、言われてみるとさすがである。一句目はとにかく二句目にはふんい気がある。全くありふれた世界に限りない孤独の思いが流れている。それは九十代としてこの上なくあたりまえで、ただひとえに沈むということだ。もはや人はめったに来ないが、責めることも招くこともできない。しかしいつかは来る。わたしが生きていれば来る。でもまず一人だ。その一人というのが言いようもなく貴重で大きい。そういうのはもう今生とは言えぬかもしれぬ。だから「ひとりきて　またいつか　ひとり」と言葉はきれぎれに続いて、ききとれぬようなつぶやきだ。……そう言えば昨日来た人が今日も来ているとふと驚くのも、どこか通じている。〝さしたることなし〟という語の感覚がそこでは消えがたい力をもっている。それは九十代の心弱さのためなのか。それとも弱さにまといつかずにいない何かのためなのか。九十にならねばわからぬものがあると、この二つの句は語りたいのだと思う。やはり沈むような孤独だ。

（二〇一二・九）

「老いの果てもやがてとどめかわが星夜」容易に死にきれない私の老残もついに終焉。私はよく晴れた秋の夜の天空を見上げて、命絶えるときはあの無数の星々の背後に微塵のごとく吸いこまれるのではないかと思ったりする。そこにはもはや幸も不幸もない。救済も破滅もない。そして私がつねに言う環境問題の超激化で人類死滅の日が訪れれば、人間の一切が宇宙の底に消えていくのである。神も仏もその運命をついにまぬかれぬと私は思う。いや神仏はと言い張る人もあろうけれど、かれらは人類の最後について深く考えることができていないのであろう。

私は若いときから仏像を見るのが好きだった。宗門に入ろうが入るまいが、仏像は人を根底で支えるものをもっていた。しかし今私は仏像を見ても、人類死滅のことを心から離すことができない。美しく荘厳な仏たちはそれをどうしようとしてくれているのか。人類を守るための手だてをどれほど考えてくれているのか。宗教は昔も今も戦争や環境破壊を正面からくい止める役割はしてくれなかった。いやある場合にはそれらを招き寄せたといわれてもいたしかたないのだから、今はもはや死に面するほかないのである。やがて仏も人とともに死ぬ。死んでくれる。その思いで仏像を見て心安らぐことがあるかどうか。凡々たる人間とかけ離れた尊さとはいったい何だったのか。私はいつかも言ったように、向源寺にある渡岸寺《どうがん》十一面観音が一番好きだ。それは美しく優しく温かい像だ。言いようもなく人間的な像だ。この像ならわれわれ人間たちと一緒に死んでくれると私は思う。かつて仏は人間を救う永遠のものだった。しかし今真実は人と共に滅びゆくものだ。慈愛にみちた崇高な存在ではなく、共に抱きしめ合って泣いてくれるものだ。そう思うから私はいよいよ向源寺の像に心をひかれる。

この十一面のある向源寺は北陸線高月駅にほど近い、琵琶湖畔の静かな寺である。像は本堂横の収蔵庫（慈雲閣）に安置されているが、八世紀前半の木彫一木《いちぼく》造りでやわらかく美しい姿が多くの人の心をとらえている。もちろん正面から見るのはすばらしい。しかし私は向って右、像左真横からわずかに後ろにさがったあたりで見る像がもっとも美しいと思う。こういう仏像はかつて目にしたことがない。さらに同好の仲間にきいて知りえたことだが像背後、向って左奥の角寄りから見る姿態は、あえて官能美と表現せずにいられぬほどのものだった。かつて織田信長に攻められたときは土中にあって難をのがれたというが、よくもその生ける姿が保てたものだと思う。この仏がその明るさの底に孤を恐れぬ深い影を感じさせるのは、そのせいもあろうか。私の長い生涯、これほど人間性豊かな奥行ある仏像に接したことがない。

この十一面観音とは全くかかわりないが、私の家の玄関の先にささやかなさらさ木瓜《ぼけ》がある。白い花に紅もまじって春先は実に美しい。満開ともなればまことにはなやかだが、どこかひっそりとしてさびしいところがあるのが好きだ。どうしても句作の題材にしたくなる。ろくに手を入れていないのに毎年充実した花をつける。もともと鉢植えにしてあったのが、いつの間にか根がのびて地中で勢いづいたらしい。そんなところも住まう人たちの行きとどかなさだろう。私は植木が好きなのだが、すこぶるものぐさで世話らしいことはしない。ほうり捨てているほどではないのだが、とにかく中途半端だ。そしてそれでもとにかく育ってくれる樹や花が好きなのである。渡岸寺の十一面は他の著名な仏像のように徹底していないかもしれぬ。でもその不徹底なところがいい。美しさも優しさも寂しさもどこかふっ切れていないところが限りなくいい。そこには明らかに中途半端があるが、それはやわらかさのなかの透徹だ。生きた人間のもつ言いようのないきびしさだ。俳句もそういうのができるとよいのだが。

（二〇一〇・五）

後篇　残光　上田薫句集（全）

第Ⅰ章　冬雲の章　―なお反骨をあたたむと　二〇〇七・四―二〇〇八・一

老いはてはほのかと言ひて春ひとつ

天いつぱい圧しくる花に孤の老いを

日のいろは寂《せき》たるままに風ぬるむ

廻《もとほ》りてずれ懐しむ遅き日を

憂きやや和《な》ぐ白木蓮へ木瓜《ぼけ》の道

葉桜来老《く》いたるわれも彩夢みし

明暗をひとごとにして春尽きぬ

四月尽陰影なべてややに鋭《と》き

人みなのエゴややに和ぐ五月来し

天はためく新樹といへどくぐまりき

雲の切れ残像浮けり風光る

わづかなれど流離のにほひ花水木

残光に新樹はわづかほのめきて

疎みしこといつか去りゆくえご散るころ

病葉《わくらば》を美といとしめる人ありて

断絶を小さく抱きて五月逝く

閃あまねし荒野《こうや》は梅雨に入らんとす

寺二つ分け入る道の梅雨じめり

梅雨晴れや存念つとに去りてゐし
あぢさゐの藍の深さよわが頬打つ
挿木せしあぢさゐ葉々のいとけなく

巨木並び立つ故か

わが家の白雲《はくうん》木おのづ花秘めし
諦念を踏めどしだけど草いきれ

昼顔や道ゆくわれらの声奪ふ

昭和十四年ごろ近くの矢来町に住む

神楽坂の夜店に父よ子のわれと

台風惨怖ぢひるみゐて地も人も

熱波狂ふ環境やがて地獄図絵

乱雲は残夢きざむか夏冷ゆる

御岳山上にて

夏雲の底面低きが影おどろ

傍流にありし足りゐて夏夜過ぐ

観念みなぶつ切り荒れて夏去にき

俗破《や》らむ炎刀氷室を断つまでも

岩上にそそけるは裸姿か秋怒濤

秋来しをまひるま幻《げん》のごときもの

論つきず夜をさはやかと戻りけり

朝顔を孤と言ひやまず君帰る

花野ゆくわが妬《と》ごころの杳《えう》として

吾亦紅わが揺れ悩み小《を》止む日に

秋風に慢性看護といふを知る

薄れ陽に雁来紅をふためぐり

われを惹きし雲遠退《そ》けばはるか秋

霧と霧とたまさか揺りて夜は静寂《しじま》

何ものかひそと寄りきて霧夜《むや》の句成る

月は暗し茫洋秋の水を行く

沈思せど空深き日の草紅葉

不逞なれどゆかしき人ら秋光る

時雨ゆけり斜光は老いの背ににぶく

わがつまづき秋も深ぶか抱きしむる

消ゆべき人蹌踉《さうらう》すでに深く秋

ひとしづく秋雨に似しが命苞《づと》

雑《ぞう》念の人往反す雪近き

落葉《らくえふ》つむ感触遠く故山あり

環境問題激化人類の存続すでに危うし

枯れし野といへど反骨あたたむる

渡岸寺観音堂

湖北《うみ》の十一面愛《かな》し氷雨来も

老い朽ちて四季吟行もなし独修句

陳腐めきし季語去りあれば年暮れき

鹿児島上陸復員東上中のまさにそのとき

復員車久女死せしをまさに過ぐ

廃屋の破れ冬の陽のしむままに

老残はほのぼのありて雪深く

米寿来

賀といへどほのたぢろぎて年明くる

初春やあるはずもなき空の色

第Ⅱ章　圏外の章　―根底深くずれあるゆえに

二〇〇八・七―二〇〇九・一二

われすでに世の圏外に立つと

圏外におのれ去らしめ秋透る

老い深むと圏外の春ひとりゐて

なほ屈せじ圏外をゆけど風青き

圏外の紫苑はいつかおのがじし

積乱雲《せきらん》のはて光あれば野の風も

東天に月やはらぐや夏燕ゆく

海原を真ふたつにせしや雷暗く

夕涼み知らざる人のある世界

秋来ずよ小さき愚挙など三つ四つ

汝《な》も老いしよ都心裂音蟬孤影

サロマ湖畔海とよむときのコスモスを

にはたずみ一天中らを真日降りく

拝《おろが》めど罵《の》れども野分去りがたく

「ずれ」四句

水澄むとずれの深さを知らずゐて　〈ずれは動的なる奥行き〉

ずれ何ぞ凌霄花《のうぜん》ひそかに咲き昇る　〈ずれは秘められし過程〉

朴の葉の落つるやわづかずれの影　〈ずれは間をもてる一瞬〉

いくたびもずれ見入りゐる氷柱かな　〈ずれはつねに根源にて新〉

ましぐらに秋抱きあれどほたる草

寿を過ぎて一つ一つに秋がしむ

道尽きて廃れほこらや曼珠沙華

温暖化八句

天異変生けるはなべて季に惑ふ

温暖化垂死秘むるを知らで春

国も人もただ乱に狂ふ極暑来

山も荒れむ草獣巨熱に流亡す

ひと絶滅声呑みゐるに秋燦と

病みは深し人類絶滅の年明くる

ひと滅びぬ一匹の虫誄《るい》に似て

月光に廃土凍てゐる者もなく

稜線の紅葉寂と燃えのこる

椰子の葉の微塵揺りゐてなほ小春

日向ぼこ温もれど老いは虚ろめき

冬の陽は鈍角に似れど貫けり

生きの様いつかやめゐて冬木立

冬は明し地平傾けて懸河ゆく

北アルプス

鰤食むや視野横さまに巨嶺ゆく

老いさやか凛然冬また冬をゆく

鎮魂は凛烈にすら滲みありて

ある冬の彷徨野にやむ物語

伊那路かなし夕ちぎれ雲雪来ぬ日

雲くれなゐ冬幻か海暗き

屈しゐても樹氷揺さぶるごときせり

人も事も修羅尽きはてて月冴ゆる

老い冬日まひるますらを死のぞめき

怒り諦めあざなふも倦みき年ゆくも

松飾り断ちゐてわれはなほ戦後

死末だし岨《そば》行かむ途は春遠く

年ごとに区切り生きゐて春三たび
終はり近ければ

惜しみたべどわが命うすく緋の木瓜と

でむしも人もやがての滅びかな

世の終焉ひとごとか哲は山眠る

きさらぎの泥土《でいど》よ深くは凍てじとよ

きさらぎといへど春雨か東帰行

春寒を愛《を》しむあらねど雪遠き

雪柳くれなゐ秘めれど夢淡く

たぐり生きて残す半歩や春の闇

落花寄せて暮夜もどりくるほの明り

憤怒逝けりはこべら花はむせびゐて

たんぽぽの絮《わた》の滅びや暮れしなり

老いの果てのいのちほのぼの春深き

浅き春を木瓜いくつ古寺は夕べして

絶と言ひてこの山に来て春霞

つばくらめ逆落し刺すやわが肺腑

しののめを人海棠と背《せな》くろく

今は何を生きんとてか

九十路《くそ》見えてとりとめなきを竹の秋

天涯に何を知るべかこひるがほ

まつしぐら見ゆ朱の蜻蛉《あきつ》のましぐらに

音なき音流れ秘むごと柳絮ゆく

その辻に人消えしまま春夕べ

立山見ゆ雪はだれ膚へ天暗く

舞ひ立ちしはすでに小雀《こがら》か疑はじ

初夏日ざし緩なれどこの日想重く

文体におのづ執して白薔薇《はくさうび》

破れわらぢ梅雨天空にまろび消え

異形めく松しぶきゐて梅雨荒き

負の人や行々子《ぎやうぎやうし》も群れを落ちずゐて

孤の人のたまさか荒れゐて夜の秋

凡にあらじ大夕顔は樹の間《あい》を

炎昼にかの黄落を抱きしむと

よろぼひしかこの道秋を遠く見て

死所得むとやででむしややに影淡く

老残を愛《を》しむや秋は夕づく日

破芭蕉なほ深閑と陽を毀ち

年立つと祝ぐや九十路はただ終の

真黒き髪やや恥ぢゐしを九十路冴え

微妙にして動なる哲をこそ

哲といふはむしろほのかよ光る秋

極限にこそずれあれば

極限にも人やはらかに草紅葉

戸隠の山やや深く

山暮れなむ薄穂むらを射しひかり

公園にて旧知の人と

山残光秋ほの冷えに人とゐて

逝きしらまで顛《た》ちくか論は秋忘我

秋深きか空一角の陽の傾《なだ》れ

静かな集ひのあとか

孤愁の人ひとりまたひとり時雨やむ

陽のしたたりわづかに照れど秋やがて

老いの果てもやがてとどめかわが星夜

年またゆく遠雷やむごと淡きやすらひ

老いのこと歌と句になせば嘆かへど向き直るに似てしばしは安き
句作など老残の果てにつつきしが十年《ととせ》遅きをしたたかに知りき
老いの生きをしぼるがごとく作句せりひそか産みゆく自縄をままに
人けなき沈思に慣れて歌句生めり臥すも歩むもわがほしいまま
一首一句つまずきに似しを生みてゆく須臾《しゆゆ》に成れるもたまさかあれど
歌人と俳人人間の差異にひかれたりそを追はんとせし遙かなる日々

二〇〇八年刊『沈まざる未来を』（冬雲）所載

第Ⅲ章　残光の章　—世の滅びるを憂いてやまず　二〇一〇・一—二〇一一・一二

橋本輝久氏と伊勢にて三句

明かき部屋に君と冬凪《なぎ》愛しみけり

寒凪ぐや語り語りてみをつくし

卆寿とてこよひ学びよ寒椿

冬ひかれり寂寥界に日の過ぎり

ゆらぐ陽をまつしぐら来て夕冷ゆる

初志の会にて論

卆《そつ》寿荒れしよ梅一輪のひそみ咲き

寒逝くやおのもおのもに陽のけはひ

木瓜ふふむ路地ゆける人の浅き影

風巻《しまき》いつか小止みて尽きて夕巷

春寒をわが生きの様に類ひゐて

秘めきしことといつかとけゐて春の泥

ひとり佇《た》てど華はおのづやさらさ木瓜

さらさ木瓜とつぷり来しを愛《は》しきまま

文部省の同僚と久方ぶり新宿御苑にて二句

女人二人と六十年はるか花光る

相見ずゐて長き戦後や花深き

小路いつかはなやぐに似ゐて春微光

春昼にこの老残を対せしめ

草若葉陽のしたたりにほのかずれ

寥に似しよ春深く沈むを見ゐし人

永劫の滅びにじむ秘いろや春蘭くる

わが句執に過ぎて詰屈すと

詰屈せる句にもほんのり春の影

執強きか野のプリムラをも折りてきし

人類死滅して

花吹雪人果てしあともかく舞ふか

野の果て見ゆ直ぐなる陽光《ひかり》春哀しむ

影はや鋭し暮春過ぎゆく陽のさかり

生《あ》れし日のめぐりも果てよ空さつき

おのづのごと去らんは五月陽のはたて

風薫れど君に孤愁を愛しましめ

五月尽見えざるものの陽の息吹き

あへぎ生くるを梅雨は闇に似てとばり

梅雨のとばり切り断てどひかるは昏き水

梅雨空のおのづ低きを老寿かな

杖の傾《かし》ぎこの夏原を分けに分け

杖まどふ石塊《くれ》道ははやも炎え

夏残月孤影はしばし野のはてを

人も水草《みぐさ》もおのづ生きゐて死もおのづ

百歳は遠くなりゐてしげる草

草茂れば矮なる人も志

湖の雲三彩に照るや夏日没る

敗戦の日、靖国神社

好戦の性《さが》なほうづくか夏往けり

人類の史ただに戦記とちちろ去る

いくさ終はんぬ人類もはてかすがる虫

戦争廃絶蟻列行きゆくも成るやいつの日

炎暑猛る老いも激ちをのたうたせ

温暖化予兆よもやとこの夏を

紅蓮と見し日もたぢろぐか夏怒濤

ひと休みふた休み家路秋来ぬを

坂のあへぎすべなきが老いよ秋遠く

この灼熱天来の故の無残をも

激夏行きぬ野のやはらぎに陽は浅く

秋来しかあてどなきまますがる杖

深く光にじむ秋　母のもとへいくか

秋沈めりわが命終のいづくにか

なほ屈せじ秋中天に老いを据ゑ

自恃消ゆれば老いもさやかよ貫くもの

わが衰へ小止むに似し日秋光芒

道のはてに大き三日月

朱弦《あけ》月ましぐら行けばちちろ絶え

赤とんぼほつれ翻りいにしへも

残光逝くわが秋流離の如きまま

人生きて揺りはたてまで秋残花

長坂輝子さん逝く　四句

相見ざる死得耐へじか秋をよろぼひゆく

恋ふるごとひと来て秋を死にたまふ

やはらかき掌《て》この人ゆくは深く秋

葬りてめまひ漸くやむ

眩暈《げんうん》もて追ひとぶらふや秋も果つる

荒るる世界小春に似ゐしたまゆらを

わが墓にもすさぶ氷雨か人類冬

人滅べど花幾歳か幻に似て

冬ざれや人類の死に触れで死す

われも日本軍の兵なりし

あまた人を殺せりしわれら末枯《すが》れ生く

ときにそのことを聞けど

暴虐を秘め悔いはてて枯れ死すと

春遠きか野は衰残を抱きしまま

枯れ葦の揺るるはひそと言葉せし

オプテイミズム五裂せしめてむつき過ぐ

真澄み深く天ゆるがじな如月へ

テイエンシャン山脈を想ふ

アルプス見ゆ天山やまなみ雪かくや

齢祝ぐをむなしと笑みき寒明くる

老いひと増ゆすべなきに黙《もだ》せど梅紅き

長寿社会おのづ萎えゆく春待てども

木瓜ふふめりこの年われに廉あるか

衰なほ凛人のはたてや梅一枝

山容に春色やむか雪みぞれ

雑念にも光にじみて春来しこと

地下鉄にて大震災にあひ深夜運よく帰る

地裂けなむ都心浅春耄孤影

地震《なゐ》去れども飽くなきや途絶老い冷え萎ゆ

微小われ耄もて地震に対す春

春なほ来ず惨みちのくに声のむのみ

春光かこの空の果ての禍《まが》の海

悲痛といふ語もあきたらじ春ゆき降る

耄なほ生く春ある人に換ふべきを

映像の酷耐へずゐき老残春

どこか暗い花をくぐれば海への道

花白きにしみゐるは陽か揺るる世か

紫木蓮また揺れゐるかとひとのことに

震災と温暖化と

人類の死真向ふ春を鎮魂す

息果つるも遂ぐべきありて冬茜

戦へども老いのうつろか春果てゆく

老い深めば泣けど笑むがに春逝けり

生死《しやうじ》のことほのぼのありて春消えゆく

花五月よろぼひわれのさやかとて

秀句めきしよわが汗に酔ひてひた鎧ふ

梅雨の空を怯ましめゐて鯨波かな

さし木せしあぢさゐこそは咲かざりき

あぢさゐのこの藍ゆゑの月日かな

紺あぢさゐわが枕べにひそと添へ

夏きざすか海坂《うな》のはてほの明き

ででむしに光はしばしこだはれり

炎ゆる日にも老いのニヒルの消えがたく

炎の日や数歩をゆきて崩折れて

悲しみはより深い悲しみのなかで癒される

夏原の色やや褪めて海の音

ほめし亡くほめられしも亡く夏の墓

そのあたり蛍ありしを火はなくて

歩一歩の杖夕影やほたる草

人類の史閉ぢゆくは今か虫すだく

終の一人死しゆくは冬にあらざれと

この虫の長らへや愛し人類忌

異形の女《ひと》行きかふは初夏か風物詩

木洩れ日ゆれ文字にほひ立つ夏夕べ

日向路もさんざめくごと秋流れ

夏残滓か老いのいのちの切れぎれまで

九月末入院、心筋シンチグラフィ検査

病棟にもしばしぬくみや秋陽過ぐ

憤怒すらもほとほと和ぐか九十路秋

いのちしばらく尽きはてずゐて秋ひかり

どこも死か四辺を秋が暮れていく

鳴きはてしかほとりほとりとちちろゆく

十月七日腹膜手術、月末退院

落つる葉ににじむ日いろや病むわれと

淡きひかり寒月食を照らしゐる

この年ゆく命未知へと引くごとく

第Ⅳ章　幽明の章　―老残なお個を失うなく　二〇一二・一―二〇一四・一

如月かひと日ふた日の夕茜

老いの果てを大き病み来て春やがて

春きざせどよろぼひ背を凩は抜け

癒えがたきにいら立てば春も遅々ときて

梅なほ開かず

梅すさべど人なきままに玄深き

年の計立てど立たじよ九十路春

寒暑激すその胸突きに九十路萎え

ほとほとと死の音すれど春は春

心弱りしかさしたることなきをも思ひとどむる
九十路春昨日きし人今日もきて

さして用なきに訪ねくれる人の数へりぬ
九十路春ひとり来てまたいつかひとり

彼岸入れり木瓜なほふふむ夕明り

間質性肺炎の咳と下痢つづく
遅き春病む身の老いをあたためよ

屈せず生くゆるやかにあれど春刻み

たのめりし春も空しき日のありて
春過ぎゆく人ぽつねんと追はずゐて
鬱屈もとぎれとぎれて五月入る
衰へれば見栄にこだはりやすく
綺麗ごと空しと老いや花五月
五月燃ゆその光尽きるはわがはてか

老い繕ひ虚しよ梅雨の陽の沈み

梅雨暗きや柔かにひとつひとつ生きる

いにしへも揺るる日いろや黄蝶ゆく

古代すでに寂びゐしかこの野草深く

その時代を愛しやまず

白鳳へと歩めば遠く夏ひかり

ひそみ生きれど世とのたうつか虫すがれ

暗き夏と人言はずゐて道尽きゆく

信州に通ひて七十年近く

信濃路行《こう》千あまた越えてこの夏やむ

炎天のほのほのほに沈み老いひとり

激しき夏なりき

葉の影の描く光や夏遠き

国は滅びへと歩む　五句

人類のこの矮小を虫もわらへ

民族とやら宗教とやら虫荒るる

末路知れど世は変はらじな秋暗き

国といふをつくる智のみか陽さむざむ

国なべて空しき時のあきつかな

大暴風雨《しけ》の名残りしぶきや空は望

われもやがてこの下に

墓なぜゐる指にひつそり秋の蝶

秋碧天どこか紛れて愁のいろ

その町のたたずまひすらに秋にじみ

バス停までぽそり歩みや秋暮れくる

学ともすれば専横に走る

学病むかと人問はずゐればば秋朽ちゆく

学に酔へど誇りかに酔へど空し秋

天遠きか秋のしばしを尾根づたひ

冬の天たまさか光降るごとき

冬の雲茜の上を暮れなづみ

年の瀬といへど人みな虚ろめき

年明けゆく身まからん日などつと過り

光うづ闇へ深ぶか年去れり

耄われや冬光ひそかに執しゐる

この国にどの明日やあるむつき過ぐ

賀詞小さく口に消えゆく昨年今年

拱しゐて春の遥かを怨じけり

春立てど人の訃老いを打つに似て

鮮烈を如月空に愛《かな》しむと

卆寿にして止みしよ

老い深きがバレンタインも果てしとか

老残をひそと歩めば春淡き

春未だし三人四人《みたりよたり》と越されゆく

淡五句

老い深きはめでたさ淡き老いの国

淡を見しや花病むに似ゐし丘片方《かたへ》

人間の果て小ささや春も淡

九十路ゆく耀き淡きを暮春ゆく

わが微小大原野淡き蓮華かな

三月三日、務台丈彦君逝く　悼句

無二の人共に見し花今遠く

その人の死にせしあたり春景色

人逝くや野も山も淡き春流れ

これが春か
よろぼひ行くこの生きさまを春と言ひ

花散るや国に執する矮をいふ

花も病みしや国に執する矮の人

味覚鈍るはさびし
味覚衰へしよ老鶯《おう》に似しが樹々に消え

スーパーへの老い通ひ路やつつじ燃え

真ふたつにわれを裂きみて五月冴ゆ

崩折るるを瞬時耐へきていまだ初夏

でで虫の背のほのひかり残雨ゆく

萼重ねて哲こむるいろや濃紫陽花

あぢさゐは蒼天の果てゆ陽もかげも

挿し紫陽花ひと日見入れど死のことなど

三女性とわれと共に文部省にありしは六十六年の昔

梅雨の晴れを老いはて四人《よたり》かぐはしき

百日紅ましぐら炎と競るごとき

身も魂もつんざき灼けば老いよぢれ

夏ほうけか秘めごとおのづ目立ちゐて

万巻の涼しさやいつか滅ぶる日

また夏をと思ふことなし日暮れくる

ひつそりと秋ひつそりと今立つか

オリンピックも問題少なしとせず

五輪とて天心ひえて見しことも

夏草逝く勝利至上の残滓《ざんし》ままに

銀漢は人の襟度を愛しける

その人も秋行くまにま消えしとか

春までは生きたしすがれ句集生む

秋天を全うしゐる光かな

わが死こそ近ければ

もはやたれも死なしめずあれ秋とんぼ

愛《かな》しきか秋の日影に老いふたり

秋の雲点描に似しを妻とゐて

ポストまでのよろめきもさやか人と遇ふ

はやゆくか秋は峠の如きあり

老いふたりしぐるるままを冬に入る

その人らに荒涼を思ふは酷か不逞か　二句

悟りしとよ逃避老醜海も冬

諦念も悟得も自棄よ寒椿

生かしめられ耐へしめられしをなほ吹雪《ふぶ》く

すがれすがれたまさか芽ぶけど狂ひしとのみ

なほ生き賜《た》べ白皚々《はくがいがい》のわれに言ふ

陽いろ逝くか遠響きゐる冬の声

松本集会で講演　東京より同行また保科登喜子秋山直子の二人

優しさや雪常念のわれをよぶ

南アルプス

車窓遠く近く光りぬ南アの雪

道凍てしか杖も刺すがにうごめきゆく

わが数個の論理

数個数個空しきか春を待つごとき

われずれに生く

限界に執しゐて空し年過ぎゆく

疎林行きゆけど

空しさに光秘めゐき冬紅葉

この空しさもまた美しき敗北　激しくかつ深き

老残にも空しさありて冬かがやく

のたうてどいのちニヒルに冬をゆく

補遺　—最初の句を除き古稀の作

秋近き禁断の山や苔清水
五十歳のころ吉野の山にて

老残の春なほ人を笑ましむる

老いのしむ句は作らじな花四月

春らんまん久女を想ふともがらと

望楼に桃源見しや病み蛙

えごふふむわが古稀の日のひるさがり

赤松のあかといへども梅雨晴れ間

浅間山を愛せし女子学生やがて若きままみづから逝く

るりあぢさゐともに見し日の浅間かな

自瀆せる詩想の狂や驕り蟹

照り薄く風ほとほとと残る夏

地震去るや富士大樹海月明下

秋冷を喬樹佇ちゐつやや低きと

墨いろの浅間や沈む霧暮色

紅葉そばへ　われは篭坂越えゐしか

荒涼を食ひて冬野の日はひねもす

冬の墓没年も見ず夕かげる

万剝落天地広ぼう冬将軍

弔問簿ぬるき冬日にずらし書く

棒のごと生きて梅の疎林ゆく

雪山に唐松の朱《しゆ》や午後三時

残光総句数　四〇八
Ⅰ冬雲の章　六一
Ⅱ圏外の章　九四
Ⅲ残光の章　一二六
Ⅳ幽明の章　一〇七
補遺　二〇

思想と表現の均衡――上田薫の俳句の深さ

橋本輝久

二〇〇八（平成二〇）年四月、上田薫先生の米寿のお祝いの記念出版として『沈まざる未来を』が刊行された。その中の俳句について感想をお送りしたことから、私は、続けて先生の句を読ませていただく幸せを授かることとなった。

本句集第Ⅰ章となる「冬雲の章」六一句が『沈まざる未来を』の中の句であるが、それは、一筋縄ではいかない手強い句群である。先生の句は、一般の俳人が書く自然礼賛や単に人生を詠う分かりやすい俳句ではなく、「自然や人間に仮託して、ご自分の思想や哲学を極めんとしている」という印象であった。「廻りてずれ懐かしむ遅き日を」「断絶を小さく抱きて五月逝く」「わがつまづき秋も深ぶか抱きしむる」など、先生が大事にされている〈ずれ〉〈つまづき〉などのキーワードが出ているし、〈ゆれ〉を感じさせる言葉や表現があり、一句一句独立しながらも、まとめて読むとさらに大きく深いものが感じ取れる、そんな一連である。その中で、私は特に次の二句に注目した。

不逞なれどゆかしき人ら秋光る

枯れし野といへど反骨あたたむる

一句目、〈不湜〉は、しばしば権力者が、指示命令に従わない都合の悪い存在に対して用いる。しかし、不湜の輩と言われる人たちの方に正義があり主張に筋が通っていることが多く、なんとなく慕わしい人たちである。そういう敬愛すべき人たちを明るい秋が包み輝いている。輝いてはいるが光は秋であるから孤愁の思いも感じられる。下五の「秋光る」が絶妙であり、『沈まざる未来を』一九二頁の短歌「戦場にも虜囚の場にも人間を見据ゑ生きればいつしか不湜」と呼応し、それはまた、先生ご自身の姿であるとも読めた。

二句目は、分かりやすい句だと思った。しかし、同時に浅い理解に留まってしまう危険があるとも思った。俳人は通常「枯野」と書く。これは、一見枯れているが、来春にはまた草木が芽をふく野原という意味である。しかし、先生は、「枯れし野」と書かれている。「枯野」と「枯れし野」とは違う。試しに、私の近くの俳人にこの句を示し、読みを問うてみた。「作者は、枯野にあって反骨の志を失わずなお持ち続けようとしている。」これが大方の読みであった。小学校の教師をしている娘に読ませたら、上田先生の名前は存じ上げているので「自分は、人生の終盤に来ている。とは言え反骨精神だけは失わず生きていく」と、こちらは〈反骨〉を中心に読み、〈枯れし野〉を人生の終盤と読んだ。

私の読みは概ねこうであった。「作者は、枯れ果てた野にあって、野を枯らした全ての存在に対してなお抵抗の気骨を失うことなく時あらばと機をうかがっている。そして、『枯れし野』とは、自然環境と人間社会か。人間は暮しを豊かにするために作ってはならないものまで作りだし、限界を超えて使い自然を壊し、人の心まで荒らしてしまった。先生は、これまでもそれに対して警告し、抵抗してきたが、破壊は進み、もはや取り返しのつかないまでになっている。只全て死滅したわけではない。だから、これからも出番はあるはずだ。その時に備えなお反骨精神を養い研ぎ澄ませておこう」。しかし、実際には、私の読みにはまだまだ届かぬところがあった。私は、常々「権威を疑う人間になれ」という先生のお言葉を胸に生きてきたから、〈不逞、反骨〉についてはある程度理解できたが、先生のお考えは、より複雑で奥深かった。『考える子ども』二〇〇八年七月号の〈林間抄残光22〉を読んでいただくとその深さが理解できると思う。

先生の句は、言葉の字面だけで捉えるのではなく、その奥深くにある先生の思想、哲学、生き方を意識して読む必要がある。勿論、俳句の読み方は、作者の署名と関わりなく書かれている言葉だけを読み解かねばならないのだが、作者のことを知っている方が理解が深まることが多い。しかし、それを知らずとも、やがて読者は、読み進むにつれて、先生の句の言葉の選び方・読み方、表現・文体、韻律に慣れ、かなり自然に言葉の、また言葉と言葉のつながりの奥深くにある思想・哲学に触れることになり、一句一句は独立しているのに、数句、数十句とまとめて読むと、さらにその深奥に誘われることになるだろう。
さらに付け加えると、〈反骨〉の句は、浅く読まれる心配があるなどと書いたが、逆に、読み易く分かりやすいので、虚子の再出発時の「春風や闘志いだきて丘に立つ」のように、広く長く記憶される可能性のある句だとも思う。「冬雲の章」には他にも、「わづかなれど流離のにほひ花水木」「秋来しをまひるま幻のごときもの」「われを惹きし雲遠退けばはるか秋」「ひとしづく秋雨に似しが命苞」「落葉つむ感触遠く故山あり」「廃屋の破れ冬の日のしむままに」「老残はほのぼのありて雪深く」などの佳句があり楽しめたし、「なにものかひそと寄りきて霧夜の句成る」は佳句誕生の瞬間とその機微を的確に書き留めておられると思った。
私は、先生の句を読み、晩秋の香りと共になんともいえぬ寂寥感、暗澹とした思い、そして怨念を感じ取った。それはとりもなおさず先生の思いの深さである。また、黎明書房の武馬久仁裕社長は、私もよく知る高名な俳人でもあるが、先生の句と文体の特徴として「執」「詰屈」を挙げられたと聞いているが、先生の句を理解する上で重要な指摘である。『沈まざる未来を』を読んで、先生は、短歌をよくされ、すでに高校生の時、
おのづから虐ぐるごと冬雲は夕明りより街にたれたり
一首をもって、歌人として大を成した若き日の佐藤佐太郎氏に激賞された歌才の持ち主であること、他にも詩作もされ、信州では何校もの校歌を書いておられることを知り、先生の文学

的素養と才能の高さが良く理解できた。

第Ⅱ章「圏外の章」は、二〇〇八年、この書を出されて以後、二〇〇九年一二月までのおよそ一年半の作品九四句である。この頃先生のご体調は芳しくはなかったが、折に触れ見せて下さった句は先生の思想・哲学と俳句を学び読み解く重要なものが多かった。先ず、「われすでに世の圏外に立つと」と前書きされた四句に注目してほしい。これまでもご自身、世の主流派に身をおかず生きてこられたが、近年ご自分の老いも自覚されており、圏外に立つという意識を強められたようである。しかし、「圏外におのれ去らしめ秋透る」と、自ら選び決意して圏外に出られたのであるから、むしろ、矛盾に満ち滅びへ向かいつつある世の真実がよく見通せるのだということが、「秋透る」から感じられる。そして、「なほ屈せじ圏外をゆけど風青き」と、容易には屈しない意志を保ち続けられるから、圏外をゆくといえども風は蒼く爽やかに感じられると書かれるのである。ただ、「圏外の紫苑はいつかおのがじし」と、圏外に咲く淡紫色の紫苑がそれぞれに色褪せすがれてゆくようすがいつかご自身の姿に重なってくるとも書かれていて、一抹の寂しさも感じ取れる。

続いて「ずれ」四句と前書きされて、

水澄むとずれの深さを知らずゐて　〈ずれは動的なる奥行き〉

ずれ何ぞ凌霄花《のうぜん》ひそかに咲き昇る　〈ずれは秘められし過程〉
朴の葉の落つるやわづかずれの影　〈ずれは間をもてる一瞬〉
いくたびもずれ見入りゐる氷柱かな　〈ずれはつねに根源にて新〉

が現れる。理解の浅い私であるが、哲学的な表現の奥に作句の意図がほのかに感じとれる。

一句目は、澄む水に仮託して、子ども研究などでずれに気付くことができず、浅い理解で安易に見えたと思ってしまうことを戒めておられるようだ。「ずれ」の深さは常に動的な奥行きを持っているのだ、と仰っておられる。

二句目、ずれは何ぞと探ろうとはするが、それは、いつも私たちには見えないところで変化してゆく。凌霄花が秘かに咲き昇るように秘められた過程があるのだという句意か。

三句目、朴の葉は大きくほたりと落ちる。垂直に落ちつつも僅かに揺れ曲がるその連続の中の一瞬の静止の間に「ずれ」を伴って見せる姿を見届けたいとの句意か。

四句目、氷柱は透きとおっているが、光の加減でさまざまな美しさを見せる。どれが本当の氷柱の色、形なのか幾たびも見入る。実は、その時見せる姿がその時の真実の姿なのであり、根源のところで常に新しく生まれ変わっているのだ。

「ずれ」については、また、第Ⅳ章で触れさせていただく。

この章では、続いて「温暖化」八句に注目する。先生の温暖化、環境破壊への憂慮は、ある程度先生の危惧を知っていると思っていた私の想像をはるかに超えるものであった。
その中の二句を鑑賞させていただく。

温暖化垂死秘むるを知らで春

ひと滅びぬ一匹の虫誄《るい》に似て

近年自然災害はこれまでになく惨たるものになっている。しかし、それを温暖化と結び付けて憂慮する人は極々稀である。多くは知らないか、知りつつ目をそむけている。一句目、「垂死」は瀕死の状態を云うが、人類、自然、地球が瀕死の状態に陥っているのに、人々は春を楽しんでいる。二句目、終にひとは滅びてしまった。人が絶えてしまった地上を一匹の虫がよろめき彷徨っているその姿は、人類のわずかな功績を認めつつも、豊かさや便利さを追い求めるあまり自らを滅ぼしてしまった人類の愚かさ・罪深さを悼んでいるようだ。このように書かざるを得ない先生の憂慮の深さを何人の人が理解し得るだろうか。

先生は、こうした問題について、岩波の『思想』二〇〇九年一月号に、「環境問題考—人類破滅の哲学」と題した巻頭論文を載せられた。そして、その論文は、二〇一二年、あるキリスト教系の女子大学の国語の入試問題として出題されたという。「面食らった高校生が多かったであろうが、記憶にとどめた者もいるかも知れぬ」と二〇一二年五月号の、『考える子ども』—林間抄残光44—で先生は述べておられるが、先生のお考えを世に知らしめる上で特筆すべき出来事だと思う。やはり世の中は広い。眼のある人はいるのだ。

その辻に人消えしまま春夕べ

本句集における代表句の一つである。私は、この句をNHK学園の『俳句』二〇一〇年四月号で、飯田龍太、和田悟朗氏らの句と並べて紹介した。「作者は、高名な教育哲学者。春の夕べ、作者の見ている辻に人が消えたまま戻ってきません。まるで自分の行く末を暗示しているようで切なく、絶唱というべき句です。」と。

破芭蕉なほ深閑と陽を毀ち

時は昼さがりか。秋日が静かに満ちている。風雨に叩かれ傷つき破れた芭蕉の葉が時折風に揺れる。その度に日影はちらちらと静寂を破り一層寂しさがつのるようだ。

この第Ⅱ章には、さらに「老いさやか凛然冬また冬をゆく」「哲といふはむしろほのかよ光る秋」「極限にも人やはらかに草紅葉」など先生のお考えを伺える句が多い。

第Ⅲ章「残光の章」は、二〇一〇年一月〜二〇一一年一二月の二年間の一二六句。東日本大震災、ご自身の手術など先生にとって大きな出来事が次々起こった期間である。私にとっても二〇一〇年一月の鳥羽市での初志の会東海研究集会の前夜、俳句について語り合い、教えていただくという忘れ得ぬ一夜を賜った。

春昼にこの老残を対せしめ
詰屈せる句にもほんのり春の影

「老残」は、「老いぼれて生き残る」の意であるが、先生が使われるともう少し積極的な意味が加わるので注意して読みたい。また、先生の句の詰屈の感は、言葉と言葉の小さな衝突が火花を散らしてむしろより複雑で奥深い情感を醸し出す効果を持つ。詰屈の評を肯いつつ、ご自分の句にほんのりと春の微光が感じられると微笑んでおられるようである。

人も水草もおのづ生きゐて死もおのづ

両隣に「孤影」「百歳」の句がある。両句の感慨を含めつつ、人も水草もそれぞれ己なりに生きているが、死もまたそうであろう。各々生きてきた歴史を背負って。との句意か。

なほ屈せじ秋中天に老いを据ゑ

先生の作句信条は、一言でいえば「己を偽らず」とお聞きしている。「なほ屈せじ」は、身体の衰え・気力の衰えの尋常ならざるも、「なほ」屈しないで、秋の中天に老いたる己を据え、生に真向かおう、との決意を示されたのである。

恋ふるごとひと来て秋を死にたまふ

長坂夫人ご逝去の時の句である。お二人は、短歌を通していわば心友とも云うべき間柄、少し分かりにくいが、この句の「ひと」は、先生ご自身を表している。私の読みでは、先生は、長坂夫人の許へ駈けつけられたのだが、その時その場へ「来た」のは、長坂夫人を想う先生の中のもう一人の「ご自分」だったのだと思う。

どこか暗い花をくぐれば海への道

生死のことほのぼのありて春消えゆく

「どこか暗い」「ほのぼの」は、先生が大事にされる淡き揺れを感じさせる。前句、花は明るいはずなのにどこか暗く感じるのは、作者の心情の投影である。後句、九十歳を超えられて生死のことさえほのぼのと感じられる。春は去りゆくのではなく、消えゆくのである。

あぢさゐのこの藍ゆゑの月日かな

少しく注釈を要する句である。先生のお近くに池田澄子という方が住んでいる。私の敬愛する俳句作家であるが、先生も、かねてより注目されていた方である。池田さんの庭の紫陽花の藍色がとても好ましく、ある時先生は、塀からはみ出している細い枝をそっともらってきてご自分の庭に挿されたとのこと。何年か経って、それが美しい花をつけた時の感慨を書かれた。失礼ながら先生の稚気・人間味を感じさせる挿話である。

地裂けなむ都心浅春耄孤影

いのちしばらく尽きはてずゐて秋ひかり

前句は、二〇一一年三月一一日の東日本大震災の時、都心で地下鉄に乗っておられた先生が、苦難の末夜中までかかってお家に辿り着かれた時の句、後句は同年秋、体調を崩され入院検査された後、秋の光に包まれながら尚生きているご自身の命に向き合っての作。共に私どもの想像を超えた体験と思いであったろう。

この章には、他にも「おのづのごと去らんは五月陽のはたて」「衰なほ凛人のはたてや梅一枝」「夏原の色やや褪めて海の音」など注目すべき句が多い。

第Ⅳ章「幽明の章」は、二〇一二年一月〜二〇一四年一月までの一〇七句を収める。

九十路春ひとり来てまたいつかひとり

直前に「昨日きし人今日もきて」の句があるが、以前はさしたる用が無くても立ち寄る人が多かったが、多忙でしかも手術後の先生のお身体を気遣ってか、この頃そういう人がめっきり少なくなった。それは少しさびしいことだと書かれている。生のとりとめなさというか、九十歳を超えないと分からぬ心境だろうとも洩らされたが……。

梅雨暗きや柔かにひとつひとつ生きる

この句の二句前に「五月燃ゆその光尽きるはわがはてか」がある。老いてわが五月が気に入っている、誕生月である五月の光は貴重で支えになっていると先生は云われる。その五月も過ぎ梅雨期に入った。梅雨の暗さは自然現象でもあるが、心理現象でもある。只、暗いばかりではなくその中に落ち着いて淡々とした明るさもあるのではないか。それを貴重なものとして柔かな心、姿勢を失わず生きようと、老いの成熟が感じられる句である。

白鳳へと歩めば遠く夏ひかり

「その時代を愛しやまず」と前書きがある。ここで先生は、対象と表現のずれで勝負したいと言われる。それは、ずれをなくそうと言うのではなく、より深い把握を成りたたせたいのである。「白鳳を歩めば遠き夏ひかり」とも考えられたが、結局掲句に落ち着いた。私も同意する。掲句は、白鳳時代に思いを寄せれば、身体は現在にありながら心はすでに白鳳時代に入り始めており、それに伴って現在立っている地さえ白鳳時代の野や山に変わり始めている。そして、「遠く」は、単に距離的に遠い山というだけでなく、時間的に遠い白鳳時代の夏の山が光っているようだ、との句意であろう。読んでいる悠久の歴史の流れに身をゆだね、揺蕩っている心地になるが、この句に限らず先生の句は秀句に必須の豊かな時間性を内包している。ずれの発展し得る句である。

また夏をと思ふことなし日暮れくる

二〇一三年七月、初志の会の全国集会を前にするあたりの句。近年温暖化が進み暑くなっているが、それを超える激暑のなか、身体の衰えを強く感じつつ刻々を生きておられる。来年の夏のことはもう考えられない。今日もようやく日暮れを迎える、と。しかし、皆さんに支えられて、先生は、今年もご無事で集会を終えられた。

この章には、盟友務台丈彦先生への悼句もあり、読んで切なくなる句が多いが、その中で「国といふをつくる智のみか陽さむざむ」「学病むかと人問はずゐれば秋朽ちゆく」「耄われや冬光ひそかに執しゐる」などを読むと、逆に鞭をいただき励まされる。また、最後の方に、夫人とのひと時を書かれた句もあり、心が温かくなる。


此処まで書き進めてきたが、先生の句は、五七五という形式に流されることなく、思想の追求と表現とのせめぎ合いの中の、ぎりぎりの一瞬の均衡の上に成立している。したがって、表現のつきつめの中にずれを内包せざるを得ないし、句は響き合いつつ深く鎮まってゆくがなお揺れを蔵している。これは、先生の作句の原点となるお考えである。

私は、俳句に不慣れな方も多いと思い、手がかりとして、私なりの読みを書いたが、見当違いの失礼もあろうと危惧している。読者の皆さんは、自由な読みで先生の世界に入り読み深め、学んでいただき、好きになった句を記憶に留めていただきたい。時に己をさらけ出して追い極めんとしたご努力を真摯に受け止めてほしい。

最後に、先生に次の句を捧げたい。これは、二〇一一年現代俳句協会全国大会で一万五千を超える句の中から、池田澄子さんの特選第一位に選ばれた私の記念すべき句である。先生に学べば学ぶほどその高さ深さに届かない自分を顧みる時、私を筆頭に、そのお考えの深さを十分理解し得ないまま、ただ先生を仰ぎ敬愛する人もいるだろうと思う。澄んだ秋日の中で、それを少しさびしく思っておられるであろう先生を想像しての作。キリンに麒麟を重ねて書いた。

秋さびしキリンと生まれ仰がるる　　輝久

私にとって俳句を通して共に歩ませていただいた月日は真に貴重で決して忘れない。しかし、どうしても先生の高みに辿り着けなかったことをお詫びして筆を擱きたい。

二〇一三年一〇月二〇日

橋本輝久（はしもと　てるひさ）　一九三九年広島生まれ。社会科の初志をつらぬく会評議員。俳句は高柳重信に師事。現代俳句協会東海地区副会長、現代俳句協会新人賞選考委員。受賞、現代俳句協会新人賞、同協会賞次席賞、中部日本俳句作家会賞など。句集『國見』『歳歳』『殘心』。

私の俳句と実作について

上田　薫

a　作句の立場

私は高校に入ったころから短歌を愛好し、作歌はその後の大きな中断をはさみながらも米寿まで続いた。一方俳句についても、青年時からつねに座右に句集をおくということで関心をもち続けてきた。しかし実際に句を作ったのは米寿の直前である。もはやいのち尽きると思い、わずかでも実作をしたいと考えたのであった。どこにも発表しなかった私の短歌はそのすべてが米寿に発行した『沈まざる未来を』に収められたが、その末尾に半年ほどで作った俳句六十余が載ったのである。（本書「残光」冬雲の章）正直そのときはそれでおしまいと思っていた。実は古稀のとき二十句ばかりの作があったのだが、それに気づいたのは相当あとのことで、それくらい老いては俳句への関心が薄れていたということである。

しかしどういう運のめぐりか、橋本輝久さんに丁寧な句評をいただいたことを契機に、私の句への関心が急に強まった。それからほぼ五年の歩みはごく遅々としてはいたけれど、「考える子ども」（初志の会会誌）にだけ載せつづけてきた。今日句集といえなくもない作を世に出すことができたのは、まことに望外と言うべきであろう。ここでまずはっきり言っておきたいことは、本書にも貴重な稿を寄せられた橋本輝久さんの好意にみちた絶えざる支え励ましなくしては私の句作は継続せず、したがってまたこの句集「残光」の成ることも決してなかったということである。私は句ができるごとに送り届けていたのだが、このたび句集誕生への氏の貢献はさまざま言いつくしがたいほどのものである。橋本さんとは初志の会の評議員として昔から親しかったが、その人がすぐれた知名の俳人であったという偶然に、私は今どう謝すればよいのか。

私はもともと杉田久女や橋本多佳子の句を好んだ人間で、その気持ちは今も変わらない。そのせいか現代に栄える類の俳句には正直あまり魅力を覚えない。一切流派に属せず発表の機会ももたぬ私は、ただ好き勝手に思うまま詠むだけだから、一流俳人の句だと言われてもそう心が動くことはないのである。それに私は短歌のときと同様作句の動機に常人とは違ったものをもっている。自分の思想自体を深めることを俳句に期待しているからである。事実句の対象と作者の表現の上でのつばぜり合いには、哲学的な何かがひそむと私は考えずにいられない。視点が当然のようにそこに傾けば、出てくる句はどうしても俳句一般の世界から外れていかずにはいないであろう。

そういうことで私の作句の基本は、きわめて勝手なことのようだがあくまでも自己を偽らぬということに尽きる。それはどこまでも自分を裸にしてたたきのめしながら事に向うということである。さらに言えば決して対象に寄りかかったりのめりこんだりせず、自己追究に徹するということである。私は短歌の場合と同じように俳句でも流れと奥行を大切にするが、流れの底にあってその単調を破る何ものかもまた、自己追究にかかわりがあると言うことができよう。そこでは対象と自己とのせめぎ合いをもちこたえる粘り強い受身が確保されていなければならぬ。

苦吟を重ねてようやく生まれる安定した表現はまさにバランスの極点というべきであろうが、実はそこに言いようもなく微妙なずれが成り立つことをも十分理解してほしいと思う。単純な安定にはバランスもずれもないが、それでは根底に働くべき自己もすこぶる浅いのである。俳句は深ければ深いほど寄せられる解も個性化し鋭く豊かになると考えられるが、ずれの働きが欠けては一切が平板化するというのが私の見解だ。一つの句をめぐって多くの解が切り結びつながるのも、いや作者自身すらときに新しい解に発展しうるのも、根底でずれの媒介あればこそである。抽象的でわかりにくい表現だが、私は句がひびきつつ鎮まりゆく深さを核として成り立つと考えることがある。深い句と句がどこかで呼びかけ合いひびき合うように思えるのも、しだいに発展しゆくずれの力ではないか。本来私の独自の思想であるずれをここにもちこむのは異様かもしれぬが、そのことが可能である故に俳句は私にとってきわめて貴重なのである。

欲ばるようだが加えてもう一つ。私は深さをもつ句には必ず揺れがあると考えている。よきバランスというものには眼に見えぬ揺れが不可欠だが、句もまた揺れと無縁なのはさびしいであろう。いや空しいであろう。ずれの存在は必然的に微妙な揺れに通ずる。不安定な安定こそ創造的だからだ。句も創造的な無形の揺れで、しなやかさやわらかさに達しえたものこそ真に強い。

さて、私の俳句はおしなべて暗いといわれるだろうが、それは作った私がまちがいなく老残だったのだからいたしかたない。楽しい句おもしろい句は当然出てこない。おそらくわずかな人の眼にしか茫々としたその暗い光は映じないであろうが、でもそれで私の気持ちはもうみたされる。そう言えば暗いといわれるものもそう単純ではないはずだ。老いて病む者が飾ることなく自己をさらすことができれば、言いがたく得がたい光を宿すこともありえよう。老残のいろの輝き、それが私はほしかった。どうやらそういうものは九十を越さぬと身近にならぬように思える。あとわずかの日、鈍いけれど透徹した光のなかを歩くことができれば、それもまた生きがいというものか。

b　実作に触れて

作者が自分の句集で個々の句についていろいろくどくど述べるのは、自賛や言訳に似ていかにも見苦しい。橋本さんのことを重ねて言うが、前掲の配慮の行き届いた力ある文章を読者がよく理解してくれれば、私が加えることはほとんどないのである。触れていただいた私の句についてはむろんのことだが、句作への立場についてもかんじんの点を的確にわかりやすく説いていただけた。このあとの私の叙述もそれを踏まえて読んでほしい。そういうことでまず年代順にいくつかの句に触れてみたい。最初の冬雲の章六十一句は試みの作だったのだが、あらわに問題を出すような感じの句も思いのほか多いように思える。

「わづかなれど流離のにほひ花水木」これは家のそばにあるごく小さな公園、私がリープリングスプラッツとよぶところでの作だが、自分としてはしばしばの憩いの思いがよく出た感じがしている。地味な花水木にさすらいを想ったのはなぜだろう。「断絶を小さく抱きて五月逝く」これは解しにくい句だ。断絶はなにごとにせよ大きなショックをともなうことである。打ちひしがれ逃げてしまうことも多い。でもそれでは敗北だ。ことを成すためにはその断絶を生かさねばならぬ。苦しくても小さくして抱きしめることだ。さわやかな五月であればこそよくそのことができよう。「わがつまづき秋も深ぶか抱きしむる」「消ゆべき人蹌踉《さうらう》すでに深く秋」

「ひとしづく秋雨に似しが命苞《づと》」「落葉《らくえふ》つむ感触遠く故山あり」この年の秋はとくに私の心にしみ入るようであったのであろう。つまずきからこそ新しい自分が生まれる。よろめく人間はもちろん私であるし、〝いのちづと〟は私の米寿の祝いに集まってくれた人へのたむけであった。落葉は必ず音読してほしい。「枯れし野といへど反骨あたたむる」この句については橋本さんが十分に触れられた。一読受け入れられやすい句だが、考えてみれば簡単ではない。といへどとはいったい何か。枯れし野は冬の季であるが荒廃をも意味しえよう。この場合反骨は訪れる春や夏に対するものではなく、荒れた世の転変を切り開くために大切なのである。そういう解を示唆するために〝環境問題激化人類の存続すでに危うし〟の前書を後日付した。作句に馴れぬために生じた難句であったかもしれない。「廃屋の破れ冬の陽のしむままに」「老残はほのぼのありて雪深く」句作を始めて半歳、さすがにいくらか落ちついてきたか。廃屋のあと今は跡形もない。老残は原稿も書け講演もできていても、なお明らかに老残ということだ。

圏外の章ではやはりずれと温暖化がまずポイントになろう。ちなみに当時の私の存在意識は明らかに圏外に生きているということだった。そのためにかえってこの論点に句を集中させたのであるかもしれない。ずれはきわめて重要なので他の個所での記述を参照してもらいたいが、温暖化についてはもうここで今日の見解がそのまま出ている。「ひと滅びぬ一匹の虫誄《るい》に似て」「月光に廃土凍てゐる者もなく」誄は死者の功をたたえることば。虫の音をそれにたとえた。どちらも人類にもはや生者全くなしという日のこと。「その辻に人消えしまま春夕べ」橋本さんに高く評価された句。もう消えた人はもどってこなかった。下五なぜか春の暮としたくなくて春夕べとした。そのように消えるのがひそやかで懐かしい感じ。私の辞世の句にしたいなと今も思う。「よろぼひしかこの道秋を遠く見て」「極限にも人やはらかに草紅葉」年老いて秋の訪れが待たれるが、この道を遠く行けばその気配もあろうかと思う意。次句生きた人は極限にもずれをとらえて固着せぬということ。いずれも割りきりを越えての生のことをいう。

ついで残光の章九十代に入る。このころの句作にはとくに気持ちが入ったかと思う。「春昼にこの老残を対せしめ」三月二十日の作。めくるめくような春の光にいくらかの哀感が。いやこの老残はただみじめとだけは言えぬ。「夏残月孤影はしばし野のはてを」未明の月を孤影と解すればわかりやすいが、私はどうしても去りゆく人再びと会えぬ人をそこに置きたかった。橋本さんはむしろそれは作者自身ではないかと言われたが、他人か己かわかちがたいものがそこにはある。「人も水草《みぐさ》もおのづ生きゐて死もおのづ」人間もちっぽけな草もその生死はごく自然に生ずるにちがいないのだが、その一つ一つは個性をもつということで同一、おのずなのである。死を前にして私は改めてそのことを思う。それは悟りなどではなくにじみ出るような生のうめきだ。「あまた人を殺せりしわれら末枯《すが》れ生く」明らかに私も日本兵の一人だった。軍の犯した数知れぬ殺人の責めをまぬかれることはできない。今老いに身を沈めつつやはり切にそのことを思う。「恋ふるごとひと来て秋を死にたまふ」「やはらかき掌この人ゆくは深く秋」長坂輝子さん逝去に際して四句作った。久しぶり短歌を作るような感覚だった。俳句の力も感じる。老残も悼句に己を没することができるのか。（前篇85頁参照）「どこか暗い花をくぐれば海への道」東北大震災十二句の内、これは海に近い桜花の盛りへの感懐。間接的な表現だが、われながら忘れがたい。後出の「夏原の色やや褪めて海の音」も同じだ。半年近くたってもきびしい思いは容易に去らぬ。遠く聞く波の音にこもるものがある。「息果つるも遂ぐべきありて冬茜」「生死《しやうじ》のことほのぼのありて春消えゆく」心身弱りはてても志になお執する思いでこの鮮やかな茜にひかれるか。しかし朝ではない、もう夕暮れだ。後句ほのぼのあるとは何か。春消えるとは何か。相反するごとき前句とつなぐものこそ老いの消えがたいつぶやきであろう。「あぢさゐのこの藍ゆゑの月日かな」橋本さんの書かれたままでまことに楽しい。私は深い藍のこの花に不思議なほど執着している。句でも歌でも再三だ。「いのちしばらく尽きはてずゐて秋ひかり」「どこも死か四辺を秋が暮れていく」秋ひかりは冴えきってむしろ冷たい、澄んだ透徹した流れである。それはしばらくの安堵だけは支えてくれるが、同時にいのちの長らえは許さない。自分としては好きな句だ。次句もまた私の心境をまざまざと表わした思い。どこを向いても死という気持ちを四辺の語で現実にあまさずつなぐ。秋の暮れは季節ではなく日々の落日にしたい。その方がもちこたえて思いが残ろう。いかに残照が鮮やかであっても、死はどこか間近にひそみ待つということである。

さいごに幽明の章。「九十路春昨日きし人今日もきて」「九十路春ひとり来てまたいつかひとり」変わった句が口ずさむように出てきた。共に九十代の孤独を語ろうとする。ごくありふれた世界に深い孤独の思いが流れる。もう人はめったに来ないが、どうすることもできない。ただ沈んだようになって待つだけだ。でもいつかは来る。多分一人来る。その一人が何という貴重さだ。この句、〝ひとり来て　またいつか　ひとり〟と読んでみてほしい。きれぎれのつぶやきだ。そうなると一句目の平凡きわまることへの驚きも同じ世界のことになろう。それはどこかこの世離れしている弱ささびしさなのだが、おそらく九十にならぬとわかってもらえまい。「屈せず生くゆるやかにあれど春刻み」病んで病いとたたかう身は春を求めて止まぬが、その訪れはどういうことか遅い。それでも耐えて待てばゆるやかにだが春は必ず来てくれる。春刻みが実感。「梅雨暗きや柔かにひとつひとつ生きる」老いた者にとって梅雨の日は決して暗くない。その落ちついた光のなかで一つ一つのことに対し、やわらかな姿勢で大切に生きよう。そういう思いのもてる日々は幸せだ。これもまさに九十代のこと。「白鳳へと歩めば遠く夏ひかり」私は白鳳時代、持統天皇のころが好きだ。当時の都を歩いてみたいとときどき思う。きっと遠く山が光っているだろう。はてしない想いに心いやされる。「国といふをつくる智のみか陽さむざむ」国と国とがその主権で張り合う体制ではついに平和は訪れない。それが人類の宿命だ。人びとは国の建設には熱心でもその体制の根本変革、解体には全く関心をもとうとしない。今のままでは世界壊滅は近く必至であることにどうして気づかぬのであろう。とてもさむざむどころではない。「墓なぜゐる指にひつそり秋の蝶」鎌倉東慶寺の奥のわが家の墓でさえ、手前の小さい坂をあがるのがつらくなった。想像句ゆえにかえってなまなましい。「耄われや冬光ひそかに執しゐる」九十代ともなれば体調は別にして落ちつくのは冬だ。降りそそぐ陽光には人の心を奥深いところからあたためるような何かがある。でも冬への愛はひそかにだ。共に楽しむものではないように思える。「老残をひそと歩めば春淡き」どこか春めいていてもまだ冷たい道をひとり歩く。よろめきながらひっそり歩く。いつまで生きられるかと歩き馴れた小路でふと思う。「よろぼひ行くこの生きさまを春と言ひ」老残もなおひとり思うままに行く。杖にすがってよろめき進むが、やっとそれができるのが老残の春だ。やがて動けなくなる。それは冬へのもどりと言うほかないが、もうそれが近いかと思いつつ電柱にもたれもたれ休む私である。前句とともにわが好みの句。「また夏をと思ふことなし日暮れくる」こういう夏の味わいかたのあるのを知った。そこにあるのはもう私にとっておしまいの夏。消えていくのはもっと大きなもののようだ。そう感じるのは九十を大分越したからか。「もはやたれも死なしめずあれ秋とんぼ」わが死はすでに目前にあるのに、まだいくつもの死別を思い知らねばならぬのか。凝然として虚空を見つめる思い。「数個数個空しきか春を待つごときき」わが数個の論理を深く解し愛する人なおいくらかは出でこんことを。私の思想の基底となる論理、「このひそかな、しかしいのちにみてるもの」に人はどうして心をとめぬのであろう。ついで空しさの句群。空しさはつらくさびしいが貴重だ。空白はたんなる無ではない。むしろ空しさこそ生のひそかな根源ではないか。「のたうてどいのちニヒルに冬をゆく」ニヒリズムはあるいはわが血肉か。健康なニヒリズムとよびたかったが、今におよんではそれを言うまでもない。真に生きることは根底においてニヒルなのだと思う。

――私はかつて空しさのニヒルに触れた。(『私はいつまで生きていてよいか』99頁「断章」)空しさこそわが俳句のいわば眼目なのである。いや俳句というものの本質にはある意味で空しさがひそまずにいないと私は思う。それはむろん鋭く深沈たる空しさなのだが、人間究極の深みは実はこの空しさにあるといってもおかしくないのである。

終末に掲載した一九九〇年七十歳のときの二十句は明らかに稚拙だが、いくらかは句らしいものも含まれていてほっとした気持ちだ。恥ずかしいものは出さずともと思えたが、これもまた自己を偽らずということである。いずれも私の句だと言われればうなずくほかはない。今とくに進歩したわけではないのだから、やはりおのずからにして拙いわが句のなかの一群だ。

略歴とそれにそえて

一九二〇年大阪の枚方に生まれ（本籍東京六本木）転々、西宮・芦屋で育つ。神戸一中より東京の私立武蔵高校、京大哲学科卒。一九四三年学徒出陣で高射砲隊に入るも、中国の戦線で敗戦。翌年一月帰国復員、九月文部省に入る。社会科創設にあたり一次二次の学習指導要領作成。一九五一年名古屋大助教授、五八年文部行政を批判し社会科の初志をつらぬく会を結成、責任者となり今日に及ぶ。信濃教育会教育研究所長を兼ね、信州をはじめ全国で教師と密接なかかわりを結ぶ。六八年東京教育大教授となるも筑波紛争で抗議退官、七二年立教大教授、八四年教育哲学会代表理事、同年山梨県の公立都留文科大学学長となる。九〇年退き長野の研究所長に再任されたが、九四年これも辞して一切自由の身となり、研究と実践にほしいままの活動に入る。老いてもなお健の感であったが、二〇〇四年心筋梗塞で倒れ一一年には腹膜の大きな手術をした。さすがに今は身体すこぶる不自由だが、執筆と講演だけはなお続けている。この著述が限界になろう。前記初志の会はついに五十五年を越えた。静岡市安東小学校への指導は四十四年間で終わったが、いずれもこのような長期間私の考えを基底にしてくれ、私としても貴重な生きがいとなってきた。他にもいろいろとあるが、どれも世の流れに抗して敢然と主張を堅持しているところがうれしいのである。

上田　薫

1920年生まれ。京都大学文学部哲学科卒。名古屋大学教授，東京教育大学教授，立教大学教授，都留文科大学学長をつとめる。

著書

『上田薫著作集』（黎明書房）
『人間の生きている授業』（黎明書房）
『教育をゆがめるものはなにか』（国土社）
『人間その光と影―やわらかさを育てる』（黎明書房）
『未来にいかなる光を―重さとさわやかさに培う』（黎明書房）
『教師も親もまずわが足もとを見よ―人間観の変革』（金子書房）
『子どものなかに人間を見よ』（国土社）
『よみがえれ教師の魅力と迫力』（玉川大学出版部）
『私はいつまで生きていてよいのか』（亜紀書房）
『人が人に教えるとは―21世紀はあなたに変革を求める』（医学書院）
『沈まざる未来を―人間と教育の論に歌と詩と句「冬雲」を加えて』（春風社）

林間抄残光《りんかんしょうざんこう》

2014年3月25日　初版発行

著　者　上《うえ》田《だ》　薫《かおる》
発行者　武馬久仁裕
印　刷　藤原印刷株式会社
製　本　株式会社渋谷文泉閣

発行所　株式会社　黎《れい》明《めい》書《しょ》房《ぼう》

〒460-0002　名古屋市中区丸の内3-6-27 EBSビル
☎052-962-3045　FAX052-951-9065　振替・00880-1-59001
〒101-0047　東京連絡所・千代田区内神田1-4-9　松苗ビル4F
☎03-3268-3470

落丁本・乱丁本はお取替します。　ISBN978-4-654-01898-7